飯田利行編訳

現代語訳
洞門禅文学集

良寛

国書刊行会

はしがき

一　略歴

良寛《りょうかん》さん（一七五八―一八三一）についての平成十年度における出版件数は、千点を越えたと伝えられる。没後一七〇年を経て、その賛仰の指標《バロメーター》いよいよ募《つの》ってゆくようである。曽て良寛さんと十三年間、時代を同じうした幕府昌平黌《しょうへいこう》出身の秀才原坦山《はらたんざん》が、本郷吉祥寺旃檀林寮長との論争に敗れて、出家し洞門に入る。後に曹洞宗大学林総管、東京帝大印度哲学開講初代講師となった坦山が、良寛さんを評して「永平高祖（道元禅師）以来この人に及ぶ者なし」と賛歎したという。しかるに昭和二十三年二月、私と駒沢大学増永霊鳳教授との肝入りで発会した宗学大会が毎年開かれているが、良寛さんについての研究発表者は皆無である。想えば、

　　あらがねの　土の中なる　埋れ木の　人にも知らで　朽ち果つるかも

に見られる人柄が良寛さんの本領であった。けれども過去の伝統文化の隆替《りゅうたい》については神経を尖《とが》らしていた。

　　いにしへの　人のふみけん　古道《ふるみち》は　荒れにけるかも　行く人なしに

と。

良寛さんは、禅の修行を積めば積むほどに世の事象への感度は益々冴え、その詩嚢《しのう》から溢れ出る言《こと》の葉《は》の絢爛《けんらん》さと緻《ち》密《みつ》さは光彩陸離《こうさいりくり》たるものがあった。

良寛さんの出家の動機は、自己とは何《なん》ぞやの解明にあった。玉島の円通寺国仙和尚の会下《えか》に投じて十七年間の修行。本師亡《な》き後、四年間の雲遊行脚《あんぎゃ》。都合《つごう》二十年間の修行を終えてから国上山下に却来《きゃらい》(出家前の在俗生活に似た明け暮れ)して七十四年の生涯を和島の木村家別舎で閉じる。

次に良寛さんが、深々《ふか》と頭《こうべ》を垂れた人物は何方《どなた》であったか。

道元禅師は言うまでもないこと、他には円通寺の直歳《しっすい》職(作男《さくおとこ》兼典座《おかって》係)に終始した仙桂《せんけい》和尚(二〇八頁)と俳聖松尾芭蕉(二〇七頁)とであった。夏目漱石は、『素人と黒人』(大正五年講演)で、良寛さんは、嫌いなもののうちに詩人の詩、書家の書、料理人の料理などを挙げているが、何《いず》れも本職という意味からは立派なはずだが、黒人《くろうと》と自負する人が陥《おち》入りやすい心の入らぬ術《すべ》をこれみよがしにする臭《くさ》さを悪《にく》む純粋でナイーヴな点がよろしいと、べた褒《ぼ》めしている。

もともと人の人間観は、偉大な知識人をもってしても黒白を異にする。ここに問題が胚胎《はいたい》し、道元禅師も良寛さんも、ここを修行の基本となされた。それ故に、その真相実態を究めるために、禅門では命を賭《か》けての修行が古来要請されてきた次第である。

道元禅師は、自にも他にも一律に厳《きび》しかったが、良寛さんは、他に対しては極めて寛容であった。それは「逢賊(賊に逢う)」(一七五頁)の詩をはじめ、多くの逸話が物語っていることで証明できる。

二　底本について

詩集の本文は、旧著『定本良寛詩集譯』（一九八九年・名著出版刊）に準じた。私は、同書の「総論」の中で、「良寛詩集校勘の実際」、「自筆のない詩の校勘」、「鈔本について」、「目次配列について」を記したが本書の底本もこれに基づいた。ただし、本文をはじめ旧漢字は現行通用の漢字に改めた。

最後に本稿訳出について、良寛さんの人柄をはじめ訳文について、昭和女子大学教授田熊信之君より御意見をいただいたことを拝謝する。

目次

法華讃（大蔵経数千巻中、『法華経』八巻に伝えられた仏法の真理を讃える）

開口（開口《かいく》）

開口謗法華　　口を開《あ》くるも法華をそしり、
杜口謗法華　　口を杜《と》じるも法華をそしる。
法華云何讃　　法華はいかんが讃《たた》えん。
合掌曰　　　　合掌して曰く、
南無妙法華　　南無妙法華、と。（麻押韻）
　葫蘆藤種纏(1)　　葫蘆《ころ》藤種をまとう。

〔訳〕　開口

口を開閉して口さきだけでお題目を唱えても、法華経を非難することにしかなるまい。それならば、法華経はどのようにたたえたならばよろしかろう。それは、恭しく両のたなごころを合わせ、身心ともに法華経に帰投《なげい》れて「南無妙法華」と唱え奉ることにある。——ふくべの蔓《つる》が、ふくべの蔓にまきつくようなもので、右手と左手と合わせた合掌の世界。もっといえば、仏心になりきる法悦の世界に身をゆだねることにある。

（1）『正法眼蔵』葛藤「先師古仏云、胡蘆藤種胡蘆をまとふ」。

序　品

買帽相頭⑴（帽を買うには頭を相《み》る）

即此見聞非見聞　　これに即《つ》く見聞は、見聞にあらず、
不来⑵々不至々　　不来の来は　不至の至なり。
更無名字可安着　　さらに名字の安着《つ》くべきなく、
其是之謂無量義　　それこれをこれ無量義という。（眞押韻）

〔訳〕　頭巾《ずきん》を買うには、頭の寸法を相《み》て買えば、ぴったりする

目前のことを単に見聞きすることは、真実の見聞ではない。達磨大師が梁代の中国に来られながら不来《こず》といわれた真意は、東も西も大地は一つであり、至るところがないということである。

そしてこのような実相は、世の常の常識によっては、名のつけようがなく、その名のつけようのない（対峙を絶した）実相を無量の意義という。

（1）『永平広録』頌古「帽を買うには頭を相《み》ればなほ一斉なり」。

（2）『正法眼蔵』徧参「玄沙道《いへる》の達磨不来東土は、来而不来の乱道にあらず。大地無寸土の道理なり……不来東土なるゆゑに、東土に見面するなり」。

馬頭没
牛頭回（1）
白毫光裏絶纖埃
自従錯惹逸多問
話頭無端落三界

馬頭《めず》没し、
牛頭《ごず》かえる。
白毫《びゃくごう》光裏に　纖埃《せんあい》を絶つ。
錯《あや》まりて逸多《いった》の問をひいて自従《よ》り、
話頭　はしなくも　三界に落つ。（去声隊・泰・卦　押韻）

〔訳〕

地獄の獄卒といわれる馬頭《めず》や牛頭《ごず》ですら、あたふたと生滅去来しているのが実相である。しかし法華経に説く釈尊が放つ白毫光の中には、こまかな塵《ちり》とでもいうべき地獄の差別相対にあたふたする世界が絶《た》ちきられている。

だが不覚にも、弥勒《みろく》菩薩が、釈尊の法力《ほうりき》について文殊菩薩に質問をしたことから、言葉のやりとりという教理のあげつらいに走った結果、はからずも（今に至るまで）仏説の考え方と信じ方に幾多のくい違いができて数多《あまた》の宗派が、この娑婆に現出してしまったのである。

（1）『碧巌録』第五則「牛頭没馬頭回曹渓鏡裡塵埃」

一箇高々峰頂立（1）　一箇は　高々たる峰頂に立ち、
一箇深々海底行　一箇は　深々たる海底に行く。
為主為賓兄与弟　主となり賓となる　兄と弟、
引（2）弄諸法一如声　引《うた》は弄《かな》う　諸法一如の声を。（庚押韻）
　好箇一場調　好箇一場の曲調。

〔訳〕

智慧第一の文殊《もんじゅ》が、見上げるばかりの高い峰の頂上に立つように高い処に眼をつけ、慈悲深い弥勒《みろく》が、はかりしれない深い海底を潜行するように下《しも》じもの処に心をくばる。

そしてお互い主となり客となり、兄となり弟となって法華経を宣揚される。そのさまは、調べを協合して一曲を奏でる引《うた》のようなもので、諸法一如（もろもろの現象界〔差別相〕はつまるところ絶対不二の一如の世界のあらわれ）との真実をひびかせている。――これは正《まさ》しくすばらしきこの世の曲調《うたぶり》である。

（1）『正法眼蔵』有時「古仏言、有時高々峰頂立、有時深々海底行」。
（2）声を引き拍子をつける曲調。引は韻に通ず。うたと訓ずる。

日朝々出東　日は朝々　東より出《い》で、
月夜々沈西（1）　月は夜々　西に沈む。
消道七仏師　いう消《な》かれ　七仏師と、

本光瑞若斯　もとより光瑞　かくのごとし。（斉・支押韻）
将謂多少奇特　まさに多少の奇特と謂わんとす。

〔訳〕
無量の過去より日は毎朝東から昇り、月は毎夕西に沈んでいる。そのように法華経の深遠な真理も過去七仏によって説かれていたのだと、ことさらに引き合いに出していう必要はない。日月も法華経の光明も、もともと仏のめでたい光明のすがたをこのように呈していたのである。――文殊菩薩は、いささかすぐれたお方であったと云おうとしたまでである。

（1）『永平広録』上堂「朝々日出東、夜々月沈西」。

方便品

欲与失奪（与えんと欲すれば失奪す）

騰々任運只麼過　騰々任運　只麼《しも》に過ぐ、
困来眠飢来餧　くるしければ眠り　飢えればくらう。
唯此一事也不要　ただこの一事も　また不要なるのみ、
不知何処度二三　知らず　何《いず》れの処にか　二三を度せん。（覃押韻）

〔訳〕　法華一乗の法を人に説いてあげようとするならば、かえって本具の仏性を失い兼ねないこととなる
　宇宙間のあらゆる事物が、そのまま真実の姿であること(諸法実相)を体得すれば、どんどんと自然にまかせ、あるがままに明け暮れするばかりとなる。くるしくなったら眠り、ひもじくなったら、ほおばるまでである。
　そうすると、とっておきの坐禅もまたいらぬものとなるばかり。ために何処で六根の煩悩の根源を清浄にするか、などと意を用うる必要もなくなってくることとなる。

以三帰一日西斜　　三をもって一に帰し　日　西にかたむき、
開一為三雁哢沙　　一を開いて三と為し　雁　沙《いさご》にさえずる。
箇中意旨如相問　　箇中の意旨を　もし相い問わば、
法華従来転法華　　法華従来　法華を転ずと。(麻押韻)
　更雪上加霜去　　さらに雪上に霜を加《くわ》えきたる。

〔訳〕
　声聞《しょうもん》・縁覚・菩薩の三乗の教えを法華の一仏乗にまとめて、衆生を済度なされようとした頃に、釈尊は入滅に近づかれる。釈尊は成道後、華厳経を説かれたが、その真意を理解する者がいなかったので、方便をもって三乗の教えを説かれた。そのさまは、自在主童子が砂の数を数えて、遊びたのしみながら善財童子を教化したようなもの。
　もしこの間の消息の真意をお尋ねになるなら、法華経という一乗の法の玄理は、昔からあった仏法を展開し

たものだと申し上げたい。——法華経の玄理は、宇宙の真理として存在していたものであるが、それを釈尊が出て説いたので、いわば雪上に霜を加えたようなものとなった(無垢の白雪にさらに厳かな美しさが加えられた)。

開一為三楊柳翠　一を開いて三と為せば　楊柳みどりなり、
以三帰一梅花芳　三をもって一に帰せば　梅花かんばし。
有人若問箇中意　人ありて　もし箇中の意を問わば、
実涙出於愁人腸　実の涙は　愁人の腸より出づと。(陽押韻)
　愁人莫向愁人説　設向愁人愁殺人　蒼天々々
　　愁人　愁人に向かって説くことなかれ、愁人に説向すれば人を愁殺せしむ。蒼天々々。

〔訳〕
法華一乗の法を方便で展開して三乗教と説けば、春になり楊柳がいよいよ翠《みどり》を増してくるようなもの。また三乗の教えをもって一乗の教えに帰投させれば、梅花の香りがいよいよ芳しく匂うかのよう。ともに法華実相の体《たい》(本体)と用《ゆう》(作用)のあらわれだからである。
もし人がこの間の消息の真意を尋ねるなら、ほんものの涙というものは、憂い悲しむ人のはらわた(心)から出るものなのだと申し上げよう。——悲しむ人が、悲しむ人に向かって説きさとしてはいけない。そのようなことをすれば、人は悲しみにに打ちひしがれてしまうだろう。
青くはれた空よ、はてしなき天よ！

信解品

乞児打破飯椀　（乞児　飯椀を打破す）

自従一別家郷父
倒指早是五十春
今日相逢不相識
甘作下賤客作人
貧児思旧債

あるとき　家郷の父に別れしより、
指を倒せば早これ　五十春。
今日相い逢うも　相い識らず、
甘んじて　下賤《げせん》客作《きやくさ》の人となす。（真押韻）
貧児旧債を思う。

〔訳〕　もの乞いの児、ご飯茶碗を打ちこわす
長者の息子である窮子《ぐうじ》が、あるとき里の家を離れて父と別れてしまったが、それから指折り数えると、早くも五十年が経《た》っていた。
ゆくりなくも今日、親子対面となったものの、窮子は長者が父であることに気がつかない。長者は仕方なく我が子を我が家の下僕《しもべ》として働かせることにした。――貧乏した者には、昔の借金時代のことが忘れられないもの（高貴という絶対的評価のとりはらいを意味する）。

五百弟子授記品

草賊大敗　賊身已彰　（草賊大敗し、賊身すでに彰《あら》わる）

恒河辺呼渇　恒河《ごうが》のほとりに　渇《かわき》を呼《さけ》び、
飯籮裡乞餐　飯籮《はんら》裡に　餐《さん》を乞う。
明々一条路　明々たる　一条の路、
千古開眼眠　千古　開眼の眠《ねむ》り。
誰先兮誰後　誰《たれ》か先にして　誰《たれ》か後なる、
自今休謾論　今より　みだりに論ずることをやめよ。
何得兮何失　何をか得として　何をか失とせる、
元来只如然　元来　ただ如然。
雖得非是顕　得たりといえども　これ顕《あらわ》るるにあらず、
失時隠誰辺　失なる時も　誰《た》が辺にか隠る。
君看衣裏珠　君看よ　衣裏の珠を、
必定為那色　必定《ひつじょう》　いかなる色をかなせる。（寒・先・元・職押韻）

允即不違　　允《まこと》なればすなわち違わず。

〔訳〕取るに足らない賊徒が大敗し、化《ば》けの皮があらわれる

自分に宝珠(仏性)が具《そな》わっていることを悟らぬ求道者は、あたかも水量豊かなガンジス河のほとりで渇《かわ》きを訴えたり、竹製の飯櫃《めしびつ》をかかえていながら食べ物を欲しがっているようなものである。

また、はっきりとしていて迷うはずもない一本の道のような、一仏乗の仏道をたどっていながら、あらゆる現実を徹見する眼力をもたないがために、まるで太古から目を開けたまま眠りこけているかのようなものである。

この一仏乗の道の識得は、誰が先で誰が後であったかなどと、今から、意味もなく云々《うんぬん》することはやめなさい。

一仏乗の道には、何も、得とか失とかいったものは、さらさらない。あるものは、もとよりただ本来かくの如しといった真実だけである。

一仏乗の真理は、体得できたとしても外にあらわれるものではなく、失ったからといって、どこかへ隠れてしまうわけでもない。

各自に本来具《そな》わっている宝珠(仏性)は、かならず(個々さまざまな色をしているが)どんな色をしているかよく目をこらして御覧なさい。――見る者に真実があれば、本当の色を見そこなうことはないはずである。

学無学人記品

誰在画楼沽酒処　相邀同喫趙州茶　（誰か画楼沽酒の処にか在る、相いむかえて同じく喫せん趙州《じょうしゅう》の茶を）

空王仏時同発心(1)　空王仏の時より　同じく発心《ほっしん》し、
或勤精進或多聞(2)　あるいは精進に勤め　あるいは多聞《たもん》に。
一声横笛離亭暮　一声の横笛《ようじょう》　離亭の暮、
君向瀟湘我向秦　君は瀟湘《しょうしょう》に向かい、我は秦《しん》に向かわん。（文・真押韻）
　途中善為　途中を善くなせ。

〔訳〕誰《どなた》が美しい楼閣の酒屋にいるのか存知上げないが、お迎えして一緒に（求道にきびしい唐の）趙州和尚の茶を喫《いた》だくとしましょう

過去世の一仏（威音仏ともいう）の時から釈尊と阿難とは、同時に菩提心を発《おこ》し、釈尊は精進につとめ、阿難は、経説を多く聞くことを願った。

そのさまは、別離を惜しむ旅亭の夕暮れどきに、冴えわたる横笛のひびきが、君は洞庭湖の瀟湘八景に向かえ、私は都長安に向かおうと告げているかのように聞こえてくる。――出かける方角は違っても、道程の途中を懸命に行ずることが大切なのである。

（1）『法華経』授学無学人記品第九「我と阿難とは、ともに等しく空王仏の所に於て、同時に阿耨多羅三藐三菩提《あのくたらさんみゃくさんぼだい》の心を発《おこ》しき。阿難は常に多聞を楽《ねが》い、我は常に勤めて精進す」、『正法眼蔵』佗心通「正当空王仏に同参成道せり」。

（2）『正法眼蔵』無情説法「人天の身心を挙して博記多聞ならん」。

法師品

釘双角挿条尾　楊緑芳草春風裏（双角を釘し条尾を挿《かざ》す、楊緑芳草春風のうち）

梅檀林下獅子吼　梅檀《せんだん》林下の　獅子吼と、
荊棘叢裏野干鳴　荊棘《けいきょく》叢裏の　野干鳴《やかんみょう》と。
且道那箇堪作師　且道《さて》　那箇《いずれ》か　師となるに堪えたる、
両彩一賽金玉声　両彩一賽《さい》　金玉の声。（庚押韻）
　更有一人　為什麼不露顔　さらに一人あり、なんすれぞ顔をあらわさざる。

〔訳〕二本の角を釘づけにし、一条《ひとすじ》の尾を股の間にさしはさんで対待の相を絶したさまは、春風のうちに楊の緑や香しい若草が萌え初《そ》めたさまさながらである

梅檀の香木の薫る林下に入って大説法をするのと、いばらやまびしの生えている草むらに入って説法するのと、さて、衆生《しゅじょう》にとっては、いったいどちらが師としてふさわしいであろうか。いわずとしれたこと、一度

のお参りでどちらのお説法も聞かせてもらえれば、すばらしい音楽や詩歌の声さながらに聞こえてくるのである。――さらにもう一人の説法上手がいらっしゃるのだが、なぜ顔を出さないのか。（無言の説法のあることをお忘れあるな）。

提婆達多品

有条攀条無条攀例　（条あれば条に攀《よ》じ、条なければ例に攀ず）

千里同風　　千里同風、
万方(1)一規　　万方一規。
寒潭月落　　寒潭に月落ち、
長天雁啼　　長天に雁啼く。
竜女(2)欲呈忘珠　　竜女　呈せんとして珠を忘じ、
鶖子(3)欲弁喪辞　　鶖《しゅう》子《す》　弁ぜんとして辞をうしなう。
霊鷲山(4)上休登陟　　霊鷲山《りょうじゅせん》に　登陟《とうちょく》するをやめ、
大千界(5)人帰去来　　大千界の人　かえりなんいざ。（支押韻）
拈了也　　拈じおわれり。

〔訳〕 法華経の功徳を記した条《えだ》(条例)があれば、条によじのぼり、条がなければ、過去のしきたりによって一切皆成仏を示してあげる

千里もへだたった土地にも同じ風が吹くように、あらゆる国々が仏法という同一の規矩《きく》を使い差別を絶している。

そのさまは、云ってみれば、水の冷《つめ》たい深い淵にも月は射《さ》し、高い空にも雁が啼きわたるすがすがしい光景さながらである。

さらにいえば、竜女が釈尊にさしあげようとした明珠を忘れ、舎利弗《しゃりほつ》が弁説しようとした際に言葉に窮してしまったようなものである。

そこで、いっそのこと霊鷲山に登って釈尊の説法を聞くことはやめましょう。そして三千大千世界の人々よ。他に向かって法を求めることをせず、自家の宝蔵(仏性)の尊さを謳歌しようではありませんか。——説法おわり。

(1)『正法眼蔵』無情説法「万方尽界もかくのごとくあるべし」。
(2)『正法眼蔵』帰依仏法僧宝「この竜女、むかし毗婆尸仏のなかに比丘尼《びくに》となれり。いまはまのあたり釈迦牟尼仏にあひたてまつりて、三帰を乞受す」。
(3)『正法眼蔵』行持下「問十答百の鶖子なりといへども」。
(4)『正法眼蔵』見仏「時我及衆僧、倶出霊鷲山」。
(5)『正法眼蔵』如来全身「この三千大千世界は赤心一片なり」。

安楽行品

後者揺尾　（後なる者は尾をうごかす）

文章筆硯已抛来　　文章筆硯を　すでになげうち来《きた》り、
麻衣草座慕諸聖　　麻衣草座に　諸聖《しょう》を慕う。
報恩一句如何陳　　報恩の一句　いかんが陳《の》べん、
片時莫措願与行　　片時も　願と行とを措《お》くことなからん。（去声敬押韻）

〔訳〕　後尾の者は、先導者の合図に応じて尾を振る

仏祖方にならって、文章筆硯は早くもなげすてて粗末な麻の衣を着し、草のしとねを坐蒲《ざふ》として坐禅し、諸仏を敬慕してきた。

その仏祖がたへの報恩の一句を、どのように陳《の》べたものか。それは、法華経に説かれた智恵を命として、片時もかならず成し遂げようと定めた願を忘れず、修行の手をゆるめぬことであろう。

如来寿量品

大海若知足百川応倒流　（大海もし足るを知らば、百川まさに倒流すべし）

伽耶城中殊不遠
苦行六年証菩提
若人問我那時節
五百塵点過於其
自家忽爾都忘却

伽耶《かや》城中は　殊に遠からず、
苦行六年　菩提を証す。
もし人　我にかの時節を問わば、
五百の塵点それより過ぐと。（斉・支押韻）
自家忽爾《こつじ》としてすべてを忘却す。

〔訳〕　大海は無限の包容力を持っているので、多くの川が逆流しないですむ。（そのように仏の慈悲心は、広大なること大海のごとく、一切衆生を済度《さいど》して止まらない）

仏が成道された仏陀伽耶《ぶっだがや》は、伽耶の城中からほど遠からぬ所に在り、仏は苦行六年を経て仏陀伽耶でおさとりを開かれた。

もし誰かが私にその時のことを問うものがいたら、それから早くも五百塵点劫という、数えられないほどの時を経過していると答えよう。――自分で突然すべてを忘却してしまった（妄想分別を絶《た》った）。

法師功徳品

無限落花与流水　幾多啼鳥共春風　（無限の落花　流水とともに、幾多の啼鳥　春風とともなり）

眼八百耳千二　　眼八百　耳千二、
戴嵩牛韓幹馬　　戴嵩《たいすう》の牛　韓幹の馬。
有人若問端的意　人ありて　もし端的の意を問わば、
好執掃箒劈口打　よし掃箒《そうそう》を執って　劈口《へきく》を打たん。（上声馬押韻）
　某甲在這裏　　某甲　這裏にあり。

〔訳〕数限りない落花が、流水とともに流れてゆき、多くの鳥の啼き声が、春風に乗って聞こえてくる。（春の実相で法華経の真実を説く）

もし人あって、法華経を受持し、読み、誦し、解説し、書写するならば、八百の眼の功徳《くどく》と、千二百の耳の功徳をも得て、清浄なる神通力を身につけることができる。あたかも唐の韓滉《かんこう》という画の名手について、戴嵩《たいすう》が画法を学んで牛を画くことが上手になったように、法華一乗の法を仰ぐことが万般に功徳を及ぼすようになる。

人あって、もしもこの間《かん》の消息の真面目を問うものがいるならば、よろしく掃き箒《ぼうき》をもって、その質問者の開いた口をたたきのめしてあげよう。――法華経の法を頂戴し功徳に恵まれたそれがしが、ただここにこうしているではないか。このうえ言葉で説明する必要などない。

常不軽菩薩品

明年更有新条在　黄河自源頭濁（明年さらに新条の在るあり、黄河は源頭より濁れり）

謗法⑴之罪正如此　法を謗《そし》る罪は　まさにかくの如し、
所得功徳復若斯　得たる所の功徳は　またかくのごとし。
泣尽血流無用処　泣き尽くせば血は流る　無用の処に、
不如閉口過一期　しかず口を閉じて　一期《ご》を過《す》ごさんには。（支押韻）
誰言茶苦　会邪　誰か言う茶は苦《にが》しと。会《え》するや。

〔訳〕（命ある）草木ならば、明年になると新しい枝が出るものである。それに反して、（無情の）黄河は源流から濁っていて変わらない。（だが常不軽菩薩は、有情無情を問わず、法華経の玄理の実在を信じておられた）

常不軽菩薩にかかると、法華経を誹謗する者がいると、その罪がまさしく作仏を現成させることになる。法華経を信奉する功徳は、このようにすばらしい。

泣き尽くすだけであるなら、無用なところに血を流すようなもの。常不軽菩薩のように、法華経の玄理を心から信じ、身につけ、口を閉じて無言のうちに、以心伝心の妙境に逍遙し、一生を過ごすに越したことはない。

——いったい何処のどなたが、お茶はにがいなどと言いたてたのであろうか。それはお茶の真の味が分かってのことであろうか。怪しいものだ。

（1）『正法蔵眼』行持下「歩々に謗法の邪路におもむく」。

或投瓦石或杖木　あるいは瓦石を投じ　あるいは杖木を、
避走遠住高声唱　避け走り遠くにとどまりて　高声に唱う。
此老一去無消息　この老一《ひとひと》たび去って　消息なし、
夜来風月為誰浄　夜来の風月　誰《た》がためにか浄《きよ》き。（去声様・敬押韻）
逝者若可起　我為執掃箒　逝きし者もし起つべくんば、我はために掃箒を執《と》らん。

〔訳〕

皆が、常不軽老を見かけると馬鹿にして、ある者は瓦や石を投げつけたり、時には杖木でたたいたりした。すると老は走って避難して遠くの方で立ちどまり、高い声で法華経の偈「汝等《なんじたち》まさに作仏すべし」を唱え奉った。

この常不軽老が、この世を去って、なんの便りも聞くことができなくなった。しかし夜来、吹く清風と照る明月は、いったい誰のために浄《きよ》らかなのであろうか（彼の風月の当体こそ常不軽老にほかなるまい）。——亡くなってゆかれた常不軽老が、もしも起きあがって歩むようなことがあれば、私は老のために箒をとってその歩み行かれる道を掃き清めたいものである。

観世音菩薩普門品

門々有路々蕭索（門々に路あり　路捜蕭たり）

月堕素影雲破時　月　素影を堕《おと》して　雲破れし時、
水畳碧波風来始　水　碧波を畳みて　風　来《きた》れるの始《とき》。
永夜静倚宝陀岸　永夜静かに倚る　宝陀の岸、
人道応身三十二　人はいう　応身三十二と。（去声寘押韻）
聴言不真　呼鐘作甕　言を聴くこと真ならざれば、鐘を呼んで甕《かめ》となす。

〔訳〕どこの家々の前にも路はあるが、行く人なしにあわれである。（観音菩薩は、一切衆生のために救いの手をさしのべているが、その手に救われる信心家はすくない）

月が白い光りを雲の切れめから顕《あらわ》す時、風が吹いてきて、池の水が碧《みどり》の波を畳みかけ始める時、観世音菩薩は、夜どおし補陀落山（南インドの観音の住地と称される霊場）頂の池のほとりに静かに坐して衆生の苦悩をみつめて、その済度の方便を講じておられる。人は、その方便の応化身を三十二相（法華経では三十三身、楞伽経は三十二身）といっている。――人の言葉をまっとうに聴くことができなければ、鐘《かね》を甕《かめ》と呼ぶようなことになる（所詮、真実は言葉では表現できぬもの。応身の真実相をはっきりつかむべきだ）。

妙音(1)観世音
梵音海潮音
勝彼世間音
希音是真音
是故我今頂首礼
南無帰命観世音

妙音　観世音、
梵音　海潮音。
彼の世間の音にまさるもの、
希音これ真音なり。
この故に我いま頂首礼す、
南無帰命観世音。（侵押韻）

〔訳〕

観世音菩薩が説法なさるその音声《おんじょう》は、世情を観察すること自在な、たとえようもなく美しい音声と、寄せては返す海潮のように大きくて清浄《きよらか》な音声とがあるといわれている。が、いわゆる世間で耳にする音とは違って勝《すぐ》れていて、宇宙に遍満する不思議な音、これが真の観世音菩薩の音声である。

だから私は、いま五体投地の最敬礼を行って、観世音菩薩に帰依したてまつるのである。

（1）『正法眼蔵』供養諸仏「如是衆生妙音尽持以供養」。

普賢菩薩勧発品

明年更有新条在　悩乱春風卒未休　（明年さらに新条の在るあり、春風に悩乱せられてついに未だ休せじ）

幾回生幾回死(1)　　幾回か生まれ　幾回か死す、
生死悠々無窮極　　生死悠々として　窮極なし。
今遇妙法飽参究　　いま妙法に遇うて　飽くまで参究す、
且道是什麼人力　　はてさて　これなんぴとの力ぞ。（入声職押韻）
適来也記得(2)(3)　欸乃和櫓声　満船載月帰(4)
　　適来也《せきらいや》記得す。欸乃《あいだい》　櫓声に和し、満船　月を載せて帰る

〔訳〕　来年になると、枝の上にさらに新しい枝が芽生えるものである。それが春風に遇うと、ひとたまりもなく草木の芽生えをうながしてやまない。（そのように法華経を受持せんとする衆生の発願は、春風のような普賢菩薩の大悲心にもよおされて、いつまでも絶えることがないであろう）

人は幾回か生まれかわり、また死にかわり、その生死の輪廻《りんね》は、悠々として窮まりがない。そしてただ今、その法華経の法愛に接することができ、存分に実参実究することができた。はて、これはいったい誰のお陰であろうか（まさしくこれは、普賢菩薩の神力加護のたまものによるものである）。――たまたま憶《おも》い

出したことがある。舟うたが、櫓《かい》をこぐ声《ね》に和して聞こえ、船いっぱいに月光をあびて帰る大漁船の姿である（そのように普賢菩薩にもよおされて法華経の功徳を満喫した）。

（1）証道歌「幾回生幾回死、生死悠々無定止」。
（2）『正法眼蔵』看経「和尚適来聴許為衆説法」。
（3）『正法眼蔵』家常「先師古仏、云衆曰、記得」。
（4）『伝灯録』巻二十三「夜清水清魚不食、満船空載月明帰」。

擱筆（筆を擱《お》く）

我作法華讃　　我　法華讃を作る、
都来一百二　　すべて一百二。
羅列在這裏　　羅列して　這裏《しゃり》にあり、
時々須熟視　　時々《じじ》に　すべからく熟視すべし。
視時勿容易　　視る時　容易にすることなかれ、
句々有深意　　句々に　深意あり。
一念(1)若能契　　一念　もし能《よ》く契《かな》わば、
直下至仏地　　直下《じきげ》に　仏地に至らん。（去声寘押韻）

〔訳〕　筆を擱《お》く

衲《わし》は、ここに法華経を讃えて詠《よ》んだ。全部で百二篇ある。ずらりとここにならべてみた。いつもいつも熟読玩味すべきものである。ゆめゆめ、うわのそらで読んではいけない。一句一句に深い意味が詠《うた》いこんであるからである。一《ひと》たび声を立てて(念経《ねんきん》のごとく)読み、それで法華経の真意にぴたりとすれば、そのまま仏の境界に到達しえたことになろう。

（1）『正法眼蔵』授記「若有人聞妙法蓮華経、乃至一偈一句、一念随喜といふは、有智の所聞なるか。無智の所聞なるか」。

一、慨世警語・克己策進（世をなげくきびしい言葉・己にあてる強い鞭《むち》）

唱導詞（唱導詞）

緇素年々薄
朝野歳々衰
人心時々危
祖道日々微
師盛唱宗称
資随而和之
師資互膠漆
守死不敢移
法倘可立宗
古聖執不為

緇素《しそ》　年々に薄《うす》らぎ、
朝野　歳々に衰う。
人心　時々に危《あやう》く、
祖道　日々に微《かすか》なり。
師　盛んに宗称を唱うれば、
資　随いてこれに和す。
師資《しし》　互いに膠漆《こうしつ》し、
死を守りて　敢《あ》えては移らず。
法にしてもし　宗を立つべくんば、
古聖　たれか為《な》さざらん。

人々共立宗
嗟我焉適帰
諸人且勿喧
聴我唱導詞
唱導自有始
請従霊山施
仏是天中天
誰人敢是非
仏滅五百歳
人二三其儀
大士方此世
造論帰至微
唯道以為任
何是復何非
自仏法東漸
白馬創作基
吾師遠来儀

人々　共に宗を立つ、
ああ我　いずくにか適帰せん。
諸人　しばらく喧《さわ》ぐことなかれ、
我が唱導の詞《ことば》を聴け。
唱導　おのずから始めあり、
請う　霊山《りょうぜん》より施《の》べん。
仏はこれ　天中の天、
誰人《たれびと》か　敢えて是非せん。
仏　滅してより五百歳、
人　その儀を二三にす。
大士　この世に方《あた》りて、
論を造りて　至微に帰《いた》る。
ただ道　もって任となす、
何《いず》れを是《ぜ》とし　また何《いず》れを非とせん。
仏法　東に漸《すす》みしより、
白馬　創《はじ》めて基《もとい》と作《な》る。
吾が師　遠くより来儀して、

諸法頓有帰
彼大唐盛矣
罔美於斯時
領衆兮匡徒
箇々法中獅
頓漸雖逗機
南北未分岐
迨此有宋末
白壁肇生疵
五家逓露鋒
八宗並駆馳
余波聿遐拕
殆臻不可排
粤有吾永平
真箇祖域魁
夙帯太白印
扶桑振宗雷

諸法　頓《とみ》に帰するあり。
彼の大唐の盛んなりし、
この時より美なるは罔《な》し。
衆を領《ひき》いて　徒を匡《ただ》し、
箇々　法中の獅たり。
頓漸《とんぜん》　機に逗《い》るといえども、
南北　未だ岐《みち》を分かたず。
この有宋の末に迨《およ》んで、
白壁《はくへき》　肇《はじ》めて疵《きず》を生ず。
五家　逓《たが》いに鋒《ほこ》さきを露《あらわ》し、
八宗　並びて駆馳《くち》す。
余波　聿《つい》に遐《とお》く拕《ひ》いて、
殆《ほとん》ど排すべからざるにいたる。
粤《えつ》に吾が永平あり、
真箇《まこと》に　祖域の魁《かい》たり。
つとに太白の印を帯び、
扶桑《ふそう》に　宗雷を振う。

大哉択法眼
竜象尚潜威
盛矣弘通任
靡幽不蒙輝
垂輝及島夷
合削皆已削
合施皆已施
自師去神州
悠々幾多時
枳棘生高堂
蕙蘭草莽萎
陽春孰復唱
巴歌日盈岐
呼嗟余小子
遭遇於此時
大廈将崩倒
非一木所支

大いなるかな　択法眼《たくほうげん》、
竜象　なお威を潜《ひそ》む。
盛んなるかな　弘通《ぐつう》の任、
幽として輝きを蒙《こうむ》らざることなく、
輝きを垂《た》れて　島夷《とうい》に及ぶ。
削《けず》るべきは　皆すでに削り、
施《な》すべきは　皆すでに施せり。
師の神州を去りしより、
悠々　幾多の時ぞ。
枳棘《ききょく》　高堂に生じ、
蕙蘭《けいらん》　草莽《そうもう》に萎《しぼ》む。
陽春　たれかまた唱《とな》えん、
巴歌　日に岐《みち》に盈《み》つ。
ああ　われ小子、
この時に遭遇す。
大廈《たいか》の　まさに崩倒《ほうとう》せんとするや、
一木の支《ささ》える所にあらず。

清夜不能寝
反側歌斯詩

清夜　寝《い》ぬること能《あた》わず、
反側して　この詩を歌う。〔支・微・佳・灰押韻〕

〔訳〕　仏道を説いて唱え導く詞

出家も在家も年ごとに軽薄に傾き、世をあげて道義も年々すたれてゆく。

人の心も、いつもいつも平静を欠くようになり、仏祖の教えも日に日に影が薄くなってきた。

師匠が盛んにおのが宗派を宣揚すれば、弟子たちは仰せかしこんでこれに唱和する。

師弟互いに自己の宗旨にこだわりくっ付《つ》き、死守して、強いてゆずろうとはしない。

規範のみで、容易に宗派を立てることができるなら、昔の名僧知識だってだれもがそれをやったはずではないか。

今日《こんにち》のように猫も杓子《しゃくし》も各宗派を立てていると、ああ自分には、いったいどの宗派がふさわしいのかといいたくなる。

だが、皆さん、しばらくそう熱《いき》り立って騒がないでいただきたい。私の唱導のことばに耳を傾けていただきたい。

唱導には、おのずから始めがあるが、まず釈尊の霊鷲山上《りょうじゅせん》の説教からはじめさせていただこう。

釈尊は最高の尊いお方ゆえ、だれもあえて是非の批判を下すものはいない。

だが釈尊がなくなられて五百年たつと、後人が法門を分裂させることになった。

このとき、竜樹大士(二～三世紀頃の印度の人で中観派の開祖)が出て、論蔵を著して、八宗の祖師と仰がれた。

大士は、ただ仏道の弘通《ぐつう》を任務とされたので、ここでは是非の論議はさしひかえておこう。

さて、仏法が印度から東方の中国に渡ってから、後漢の明帝が洛陽に白馬寺を創建し礎《いしずえ》を築かれた。吾が師達磨《だるま》が遠くからはるばると来て、たちどころにありとあらゆるものが達磨の教えになびくようになった。

彼の唐代における禅の教えの盛大さは、空前絶後と華やいだ。

多くの大衆《だいしゅ》を導き、匡《ただ》されたことは、各宗門中の第一であった。

頓教漸教《とんきょうぜんきょう》が、それぞれの機根に応じて受け入れられてきたが、まだ南宗(慧能系)と北宗(神秀系)に分裂はしていなかった。

だが大宋の末にいたって、白玉のごとき禅宗にはじめて罅《ひび》割《わ》れが生じた。

すなわち五家《ごけ》が互いに鋒《ほこ》先を向け合い、また八宗が五家とならんで駆け廻って鎬《しのぎ》を削《けず》るようになる。

その迸《とばっち》りがついに遠くまで及んで、そのごたごたをおしのけることができぬ始末となった。

このとき、越前に我が道元禅師がおられ、真《まこと》に仏祖方の中でもぬきんでたすぐれたお方であった。

禅師は、すでに太白山天童寺で如浄禅師より大事《さとり》(正法眼蔵涅槃妙心)を授けられ、その正法を日本国中に雷鳴のごとく轟かせられた。

禅師の仏法の正邪に対する慧眼《けいがん》は、なんと偉大なことか、多くの名僧高僧も禅師の威光には、姿をひそめたほどである。

正法弘通の任のなんと旺盛《おうせい》なことよ。陽の目をみなかった人々が、初めて禅師の光明を仰ぐことができ、その光りは、日本列島の隅々にまで及んだ。

削り去るべき仏法は、みなすでに削り、加上すべき教えは、みな早くもとり入れられた。

そして、禅師が示寂なさり、この国から去られ、どれほど長い年月が過ぎたことか。

立派な宗門にはいばらが生じて近よりがたく、紫蘭や蘭のような香り高い教えも草ぼうぼうの中で萎《な》えてしぼんでしまった。

また「白雪陽春の曲」（楚の名曲。『文選』宋玉「対楚王問」に韻律格調の極めて高い曲のため知音稀《まれ》なりという）のような高邁《こうまい》な教えは誰も唱えるものもなく、ただ卑俗な歌のような教えだけが日ましに巷《ちまた》に充ちてきた。

ああ、力不足の私は、はからずもこのように仏法が地に堕ちた時に出会《でくわ》してしまった。

大きな家がまさに倒れようとしている時に、到底《とうてい》一本の木だけでは支えきれないように、私の力ではいかんともなしがたい。

しずかな夜だが、目が冴《さ》えて寝つかれず、寝返りをうちながらこの詩を詠《よ》む。

僧伽（僧伽）

落髪為僧伽　　髪を落《おろ》して　僧伽《そうぎゃ》となり、
乞食聊養素　　食《じき》を乞うて　聊《いささ》か素を養う。
自見已如此　　自見　すでにかくのごとし、

如何不省悟
我見出家児
昼夜浪喚呼
只為口腹故
一生外辺鶩
白衣無道心
尚是為可恕
出家無道心
如之何其汚
髪断三界愛
衣壊有相色
棄恩入無為
是非等閑作
我見彼朝野
士女各有作
不織何以衣
不耕何以哺

いかんぞ　省悟《せいご》せざらんや。
我　出家の児を見るに、
昼夜　みだりに喚呼《かんこ》す。
ただ口腹のための故に、
一生　外辺に鶩《は》す。
白衣《びゃくえ》の　道心なきは、
なおこれ　ために恕《ゆる》すべし。
出家の　道心なきは、
これその汚《けが》れをいかんせん。
髪は　三界の愛を断《た》ち、
衣は　有相《うそう》の色《しき》を壊《やぶ》る。
恩を棄てて　無為に入る、
これ　等閑《なおざり》の作《しわざ》にあらず。
我　彼の朝野を見るに、
士女　おのおの作《しわざ》あり。
織らずんば　何をもってか衣《き》、
耕《たがや》さずんば　何をもってか哺《くら》わん。

今称仏弟子
無行復無悟
徒費檀越施
三業不相顧
聚首打大語
因循度旦暮
外面逞殊勝
迷他田野媼
謂言好箇手
吁嗟何日寤
縦入乳虎隊(1)
勿践名利路
名利纔入心
海水亦難澍
阿爺自度尓
不為衣食故
阿母撫尓頭

今　仏弟子と称するも、
行《ぎょう》も無く　また悟りもなし。
ただ檀越《だんのつ》の施を費して、
三業《さんごう》　相い顧みず。
首を聚《あつ》めて　大語をなし、
因循《いんじゅん》　旦暮《たんぼ》にわたる。
外面は　殊勝を逞《たくま》しうして、
他の田野の媼《おうな》を迷わす。
これを好箇手という、
ああ　何《いず》れの日にか寤《さ》めん。
たとい乳虎《にゅうこ》の隊に入るとも、
名利《みょうり》の路を践《ふ》むことなかれ。
名利　わずかに心に入らば、
海水も　また澍《そそ》ぎがたし。
阿爺《あや》　みずから尓《なんじ》を度《ど》せしは、
衣食のための故ならず。
阿母　尓《なんじ》が頭《こうべ》を撫《な》で、

親族遠送路
音容従玆隔
暁夜何所作
焼香請仏神
永願道心固
似尓今日作
豈得不秪悟
三界(2)如火宅
人命似朝露
好時常易失
正法亦難遇
宜著精彩好
毋待換手呼
今我苦口説
竟非好心作
自今熟思量
可改汝其度

親族　遠く路に送る。
音容　ここより隔たれど
暁夜《ぎょうや》　何をなせしところぞ。
香を焼《た》いて　仏神に請《こ》い、
永く道心の固きを願えり。
尓が今日の作《しわざ》を似《しめ》さば、
あに秪悟《ていご》せざるを得んや。
三界は　火宅のごとく、
人命は　朝露に似たり。
好時は　常に失いやすく、
正法もまた遇《あ》いがたし。
宜《よろ》しく精彩の好《よろしき》を著《つ》くべし、
手を換えて呼ぶを待つことなかれ。
今我　ねんごろに口説《くぜつ》するも、
ついに好心の作《さ》にはあらず。
今より　つらつら思量して、
汝がその度を改むべし。

勉哉後世子　勉《つと》めよや　後世子《わかもの》よ、
莫自遺懼怖　みずから懼怖《くふ》をのこすことなかれ。〔去声遇・御押韻〕

〔訳〕　修行僧
髪を剃《そ》り落《おろ》して修行僧となり、托鉢《たくはつ》して僅かに身を養う。

仏法に対する自分の考えは、すでにこのようにちゃんとしている。だから、どうして思い返すことなどあろうか。

私の見るところ、出家した者たちは、昼も夜もやたらに（形ばかりの読経や説教をして）わめいている。

彼らはただ食べていくことのために、一生、上辺《うわべ》ばかりをとり繕《つくろ》うことに奔走《ほんそう》している。

在家の身で求道心のない者は、まだ許せる。

だが出家の身でありながら求道心を持たない者の、その汚れた心はどうしたらよいのであろうか。

剃髪は浮き世の情愛を断ち、衣《けさ》は現世を断ち切った姿を示す。

恩愛の絆《きずな》を捨てて仏門に入ることは、いいかげんなことではできない。

私が見るところ、世間では、男も女もそれぞれ分に応じたもちまえの仕事がある。

機《はた》を織る人がいなければどうして着物がきられようか、また田を耕す人がいなければ、身を養ってはいけない。

それなのに、いま仏弟子と称しながら修行もせず、当然悟りもえていない。

ただ檀家からのお布施を浪費して、身《しん》・口《く》・意《い》の三業《ごう》からもたらされる善悪の行《おこな》いを顧《かえり》みようともしない。

大勢たむろしては大法螺《おおぼら》を吹き、旧套を守ることに汲々として朝な夕なを過ごしている。

外面はもっともらしい顔をつくろい、あの純朴な田舎の婆さんたちを欺《だま》している。

だが、こうした徒輩をやり手だという。ああ、いつの日にか彼等は、目を覚ますのであろうか。

たとえ子持ちの虎が群がっている危険な場所に足を踏み入れるようなことがあろうとも、僧たるもの、ゆめゆめ名聞や利養の路《みち》に足を踏み入れるようなことがあってはならない。

名利《みょうり》の欲心が、ほんのすこしでも心に起こったならば、いくら大海に水を注いでも、洗い浄めることはむずかしい。

父親が、自発的にお前を得度させたのは、衣食《くらし》を満たすための理由からではない。

母親が、そなたの頭をなで、親族も路傍で遠くまで見送ってくれたではないか。

両親や親族の方々の声と姿は、遠くへだたっていても、朝夕何をなさっていたと思うか。

両親は、朝夕に焼香して、いつまでもそなたの道心が堅固であるように仏神に請《こ》い願っていたはずである。

そなたが、現在のような為体《ていたらく》であれば、初志とくいちがうではないか。

この世は、火事にあっている家のように、煩悩の燃えさかるところ、そして人の命のはかなさは朝露のようにはかない。

修行の好期はざらにあるものではなく、正伝の仏法にもまた遇いがたいものだ。

だからこそ、元気なうちに正法の光を求めて従ってゆくべきなのだ。母親が手をかえ品をかえて呼ぶのを待っているような、甘ったれたことではいけない。

いま私が、こうして苦言を提するのも、つまりものずきの、思いつきからの仕業《こと》ではない。今からよくよく思い量《はか》って、これまでのそなたの態度をきっぱりと改めるべきだ。勉励せよ法孫達。自分の内心の懼《おそれ》や不安をいつまでも、のこすことがあってはならない。

（1）『春秋左氏伝』巻十、宣公四年に見える。
（2）煩悩にあえぐ迷いの世界を欲界・色界・無色界の三段階に分けたもの。

石頭和尚曰謹白参玄人光陰莫空度　雪竇和尚曰信哉斯言也孔子在川上曰逝者如是夫不舎昼夜

（石頭《せきとう》和尚曰く「謹んで参玄の人に白《まう》す　光陰空しく度《わた》ることなかれ」と。雪竇《せっちょう》和尚曰く「信《まこと》なるかな斯《こ》の言や。孔子　川の上《ほとり》に在りて曰く、逝く者はかくの如くなれども、それ昼夜を舎《お》かず」と）

光陰惜人古来少
如能有三界所期
此処高建七宝塔
香華奉事莫過時

光陰を惜しむ人　古来少《まれ》なり。
もし能《よ》く三界に期する所あらば、
ここに高く七宝の塔を建て、
香華を奉事して　時を過《す》ごすことなかれ。〔支押韻〕

〔訳〕　石頭和尚（七〇〇―七九〇）の『参同契』に「謹んで仏道に参ずる者に申し上げる。貴重な時間を空しく過ごしてはならない」と。また雪竇和尚（九八〇―一〇五三）の「頌古百則」に「孔子が川のほとりに立ち、流れる水を見て、過ぎゆくものはこの流れのようである、しかも昼夜の別なく止むことなしに流れている、と申さ

れたが、まことに道理あることである」と
時間を惜しむ人は昔からほんとに少ない。もしよく生死輪廻《しょうじりんね》の迷いの世界にあって、心を決するものがあったならば、ここに高い七宝《さとり》の塔を建てて、香や花をお供え申して修行にはげみ、時を空《むな》しくすごすことのないように。

仏是自心作
道亦非有為
報尓能信受
勿傍外頭之
北轅而向越
早晩到着時

仏はこれ　自心の作、
道もまた　有為《うい》にあらず。
尓《なんじ》に報ず　能《よ》く信受して、
外頭に傍《そ》いゆくことなかれ。
轅《ながえ》を北にして　越《えつ》に向かうがごとく、
早晩《いつか》　到着の時あらんや。（支押韻）

〔訳〕
ほとけとは、自己が真実の自己になりきることであり、菩提《さとり》の道もまた、生滅変転——定まりのない無情の世界を越えたところにある。
そなたに伝えたいことは、よく信じて受け止め、外面に表れる現象のみを追って、理解分別するようなことがあってはならないということだ。
このような誤りを犯せば、あたかも車の轅《ながえ》を北の方に向けて、南方の越《こし》の国に向かおうとするようなもので、いつになっても目的地に到着する時はない。

出山[1]釈迦　（出山の釈迦）

去時従是去　　去る時も　これより去り、
来時従是来　　来る時も　これより来る。
去来只此道　　去るも来るも　ただこの道のみ、
人天眼華堆　　人天《にんてん》　眼華《げんけ》　堆《うずたか》し。〔灰押韻〕

〔訳〕　出山の釈迦

お釈迦様が苦行を捨てて山から下りてきた時も、また王城からぬけ出て山に入った時も、この同じ道をお通りなさった。

去るも来るもただこの道一筋。この道をよそにしては、人間界、天上界いずこを尋ねても道、という道は、妄想がうず高く積まれていて通れたものではない。

（1）　釈尊が六年の苦行の後、苦行の無益なることをさとって、この苦行林を出られたこと。

手把兎角杖[1]　　手に兎角《とかく》の杖《つえ》を把《と》り、
身著空華衣　　身に空華《くうげ》の衣を著《き》る。

足著亀毛履　足に亀毛《きもう》の履《くつ》を著《は》き、
口吟無声詩　口に無声の詩《うた》を吟ず。〔微・支押韻〕

〔訳〕
手にありもしない兎の角の杖をとり、身に妄想によって咲かせた空華の衣をまとう。
足には、あるはずもない亀の毛の履《くつ》をはき、口では韻《ひびき》のない詩《うた》を声を出してうたっているように、想えば世間の事象はみんな虚仮《こけ》。こけということだけが真実なのだ。

（1）寒山詩に「身著空花衣足躡亀毛履手把兎角弓擬射無明鬼」とある。

古仏留教法　古仏の　教法を留《とど》めしは、
為令人自知　人をしてみずからを知らしめんがためなり。
如人自知了　もし人　みずからを知了せば、
古仏何所施　古仏　何《なん》の施《ほどこ》すところあらんや。
有智達其宗　有智《うち》は　その宗を達《さと》り、
頓為像外人　頓《とみ》に像外の人となれり。
愚者故拘束　愚者は　ことさらにかかわりて、
因文分疎親　文に因《よ》りて　疎親を分かつ。
徒数他珍宝　いたずらに他の珍宝を数え、

日夜費精神
取真真却妄
了妄妄即真
真妄両名言
取捨因執存
叵耐刻舷者
千古空紛紜

日夜　精神《こころ》を費すのみ。
真と取れば、真はかえって妄、
妄と了《さと》れば　妄は即ち真たり。
真妄は　両《ふた》つながら言なるのみ、
取捨　いずれに因《よ》ってか存せん。
耐えがたきかな　舷に刻する者、
千古より　空しく紛紜《ふんうん》たり。〔支・真・元・文押韻〕

〔訳〕

大慈大悲《だいじだいひ》の釈尊が、仏法を後世に遺《のこ》しとどめてくださったのは、世の人に各自の本来の面目を知ってほしいと、おぼし召されたからである。

もし各人が、如実に自身を知っていたとしたならば、仏祖たちは、何も仏法を施《ほどこ》し遺《のこ》しはしなかったであろう。

智慧のすぐれた人は、仏法の要旨を会得《えとく》して、たちどころに悟りを開くことができるであろう。

愚者はやたらに経文の表面にあらわれた字面《じづら》にこだわって、仏法に近づいたり離れたりしている。

これでは、ただ他人の宝物を数えるようなもので、昼となく夜となく自分の心をすりへらすだけである。

すべての物事は、たとえ真でも、それに固執すればかえって妄となり、また妄でも、妄の本性を覚《さと》れば、かえって真となる。

このように真とか妄といっても実は相対的なもので、便宜上ものに冠《かぶ》せた言葉にしかすぎず、真をとり妄を捨てるといっても、実は取り捨てるに値する実体は何もないのである。

昔話に「船上で剣を海中に落とした男が、舷側に疵《きず》をつけて此処《ここ》だと言って落し場所の印《しるし》にした」という。あたかもこの話と大同小異。大昔から真とか妄とかに拘泥《こうでい》して、ごたごたと心を乱《みだ》している輩《やから》こそ、お気の毒にたえない。

我見世間人
総為愛欲籌
求之有不得
心身更憂愁
縦恣其所欲
終是幾春秋
一受天堂楽
十為地獄囚
以苦欲捨苦
因之長綢謬
譬如清秋夜

我　世間の人を見るに、
すべて　愛欲のためにはかる。
これを求めて　得ざることあらば、
心身　さらに憂愁す。
たといその欲するところを　恣《ほしいまま》にするも、
ついにこれ　幾《いく》春秋ぞ。
一《ひと》たび天堂の楽を受けて、
十たび地獄の囚《しゅう》となる。
苦をもつて　苦を捨てんと欲せば、
これに因《よ》って　長く綢謬《ちゅうびゅう》せん。
譬えば　清秋の夜、

月華中流浮
獼猴欲探之
相率水中投
苦哉三界子
不知何日休
遙夜熟思惟
涙下不能収

月華　中流に浮かぶ。
獼猴《びこう》　これを探らんと欲し、
相い率いて　水中に投ずるがごとし。
苦しいかな　三界の子、
知らず　いずれの日にか休せん。
遙夜　つらつら思惟《しゆい》すれば、
涙下りて　収むることあたわず。〔尤押韻〕

〔訳〕

私がつらつら世間の人を観察してみると、世間の人たちはみんな愛欲を満たさんがために考えをめぐらしている。

愛欲を求めて得られないと、身も心もいっそう憂いにとざされる。

よしんば、思い通りに愛欲を手にすることができたとしても、果たしてそれを幾年保つことができようか。

一度は極楽に住むような楽しみを得たとしても、そのために十たびも地獄の囚人《めしうど》となるほどの苦しみにさいなまされるであろうに。

このように苦によって、苦からのがれようとすれば、こころの葛藤は、いよいよ長くもつれてしまうであろう。

たとえば、すがすがしい秋の夜は月光が水面にくっきりと映る。

その月の姿を見て、樹上の猿公が仲間を引きつれてきて、それをとろうとしてかえって水中に身を投げ出してしまうという話に似たようなものである。

さぞやつらいことであろう。煩悩の世界であくせくしている人々は、その苦しみからいつ抜け出せるかが分からない。

こうして秋の夜長に、よくよく考えをめぐらしていると、涙がとめどなく流れおちてふきあえぬほどとなった。

時上無量閣　　時に　無量閣に上がり、
支頤眺雲烟　　頤《おとがい》を支《ささ》えて　雲烟を眺む。
長松何落々　　長松　何《なん》ぞ落々たる、
清風万古伝　　清風　万古より伝わる。
下有竜王泉　　下に　竜王の泉あり、
徹底浄無痕　　底に徹し　浄《きよ》くして痕《けが》れなし。
為報往来者　　為《つ》げ報《し》らせん　往来の者に、
玆来照心顔　　ここに来《きた》って　心顔をうつせ。〔先・元・删押韻〕

〔訳〕

私は、無量閣に上がり、ほお杖をついて遙か彼方の雲煙を眺めやる。

上手《かみて》の高い松は、なんとこんもりとしてゆうゆうと枝をのばしているのだろう。すがすがしい風が、昔ながらの響きを伝えている。

下手《しもて》には、竜王泉があり、底まで透き通っていて浄《きよ》らかで僅《わず》かの濁りもとどめない。

ここを通る方々に教えてあげたい。「ここへおいでなさい。そして清澄な水に、心の顔《すがた》を映《うつ》してごらんなさい」と。

我是西天老僧伽
晦跡国上不記春
幾領布衫朽烟霞
一枝烏藤永随身
行逶碧澗吟歌曲
坐見白雲出嶙峋
悲底浮世名利客
生涯区々走風塵

我はこれ　西天の老僧伽《そうぎゃ》、
跡を国上《くがみ》に晦《くら》まして　春を記《おぼ》えず。
幾領《いくりょう》の布衫《ふさん》　烟霞に朽《く》ち、
一枝の烏藤《うとう》　永く身に随う。
行きゆく碧澗《へきかん》をめぐりて　歌曲を吟じ、
そぞろにみる白雲の　嶙峋《りんじゅん》に出《い》づるを。
かなしいかな浮世　名利の客、
生涯　区々として　風塵に走る。〔真押韻〕

〔訳〕

私は、印度の釈尊の教えを奉ずる一老僧である。足跡を国上山にくらましてから幾《いく》たびの春を迎えたことやら、覚えていない。

幾着《いくちゃく》かの衣は、棚びく霞のためにぼろぼろになってしまったが、一本の錫杖《しゃくじょう》は、いつまでも身につき随っている。

興《きょう》がつのれば、谷川のほとりをめぐり歩いて、歌を吟じたり、また白雲が山間《やまあい》から湧き出る、あの妙《たえ》なる景にじっと凝視《みい》ったりしている。

それにつけても憐《あわ》れなことは、世間の人たちが、名聞利養《みょうもんりよう》にかかずらわって生きていることだ。彼らは、二度とない生涯を、くだらぬことにこせこせして、俗塵の中を駆けまわっていることよ。

自従一出家
不知幾箇春
一衲与一鉢
騰々送此身
昨日住山林
今日遊城闉
人生一百年
汎若秋水蘋
祇為口腹故
日夜費精神

一《ひと》たび出家してより、
知らず　幾箇の春を。
一衲と一鉢と、
騰々として　この身を送る。
昨日は、　山林に住《とど》まり、
今日は　城闉《じょういん》に遊ぶ。
人生　一百年、
汎《はん》として　秋水の蘋《ひん》のごとし。
ただ　口腹のための故に、
日夜　精神を費《つから》す。

奔走苦積聚
固閉無分隣
方其埋冢間
一箇不随身
他人受快楽
姓名杳不聞
念此実可哀
勉哉三界人

奔走《ほんそう》して　積聚《しゃくじゅう》に苦しみ、
固く閉《とざ》して　隣に分かつなし。
その冢間《ちょうかん》に埋《うず》めらるるに方《あた》りては、
一箇だに　身に随わず。
他人　快楽を受くるも、
姓名　杳《よう》として聞かれず。
これを念《おも》えば　実に哀れむべし、
勉めよや　三界の人。〔真・文押韻〕

〔訳〕

一《ひと》たび発心《ほっしん》出家してから、もう幾年たったことだろう。

つづれ合せた袈裟《けさ》と応量器《はちのこ》だけで、気ままにずっと暮らしてきた。

昨日、山でじっとしていたかと思えば、今日は街なかに出て楽しむといった具合。

人生は、長くて百年だが、実際は秋の川面に浮かぶ浮き草のようにはかないもの。

人々は、ただ飲み食いのためにのみ、日夜こころをすりへらしている。

走り廻っては蓄財に苦労し、蓄《た》めた物はしっかりしまいこんで、隣人に分け与えることはない。

そんなに物欲を充たしても、死んで墓の下に埋め葬られる時は、一つも持ってはゆけない。

他人は、それをうけて大いに楽しむことがあっても、快楽を残した御本人の名前は、闇から闇に消えて聞くこともない。

このことを思うと実に哀れな話である。こうした煩悩の世界に生きている世間の人々よ、仏法を修め、空しい生き方からぬけ出なされ。

本色行脚僧
豈可存悠々
携瓶辞本師
特々出郷州
朝極孤峰頂
暮截玄海流
一言若不契
此生誓不休

本色《ほんじき》の行脚僧《あんぎゃそう》、
あに　悠々と存すべけんや。
瓶を携へて　本師を辞し、
特々として　郷州を出《い》づ。
朝《あした》に　孤峰の頂《いただき》を極め、
暮れに　玄海の流れを截《た》つ。
一言す　もし契《かな》わずんば、
この生　誓って休せじ　と。〔尤押韻〕

〔訳〕

私は、真箇《ほんもの》の諸国をめぐって修行する雲水僧、どうしてのんびりと無為に過《すご》しておられようか。

そこで必携品の瓶《へい》をもって本師の国下《くにもと》を離れ、とっとと他の国へ出かける。

朝方には、きり立つ峰の頂上に登り、夕には深い大海原《おおうなばら》を渡るのだ。

今、きっぱりと言いたい。もしも自分の心や行動が、仏法の正しい道に契《かな》わなければ、生涯誓って修行はやめますまい、と。

紛々莫逐物　紛々として　物を逐《お》うことなかれ、
黙々宜守口　黙々として　宜《よろ》しく口を守るべし。
飯喫腸飢始　飯は　腸《はら》飢《う》えて始めて喫《くら》い、
歯叩夢覚後　歯は、夢覚めて後に叩《か》め。
令気常盈内　気をして常に内に盈《み》たしめば、
外邪何漫受　外邪　何《なん》ぞ漫《みだり》に受けん。
我読白幽伝　我　白幽伝を読みしに、
聊得養生趣　いささか　養生《ようじょう》の趣《おもむき》をえたり。〔上有押韻〕

〔訳〕
しつこく物を追いかけまわさぬようにせよ。ただ黙々と口を堅く閉《と》ざして言葉を慎むようにしなさい。食事は空腹を覚えてから初めて摂《と》り、ものをかむのは、夢うつつからさめてからにせよ。いつも気を己れの内部に充実させておけば、外部からの危害を、みだりに受けることもないだろう。私は、曾て白幽子の伝記を読んでみたことがある。そしていささか養生法のこつを悟ることができた。

何俗之孤薄
思之亦可怜
見義潜抽身
聞利競頭奔
挙世赴険巇
無人希冉顔（1）
勧君早終事
帰耕南畝田

何《なん》ぞ俗の孤薄《こはく》なる、
これを思えば　また怜《あわ》れむべし。
義を見ては　潜《ひそか》に身を抽《ひ》き、
利を聞いては　頭《こうべ》を競うて奔《はし》る。
世を挙げて　険巇《けんぎ》に赴《おもむ》き、
人の冉顔《ぜんがん》をこいねがうなし。
君に勧む　早く事を終えて、
帰って南畝《なんぼ》の田を耕せ。〔先・元・刪押韻〕

〔訳〕

現今は、なんと人情風俗が、うすっぺらになったことか。これを思えば、やはりあわれにたえない。人の履《ふ》むべき正しい道を選ばねばならないような事に出遇えば、そっと身をひき、隠れてしまう。そして利益になると聞けば我先《われさき》にと争ってはしりまわる。

こうして世は挙《こぞ》って悪に傾いてしまい、誰も、はや冉伯牛《ぜんぱくぎゅう》や顔回《がんかい》のような勝《すぐ》れた人物にあやかりたいなどと願うものはいなくなった。

そこで君にお勧《すす》めいたしますが、早く仕官を辞めて家に帰り、日当たりのよい田圃《たんぼ》を耕し、悠々自適なさるがよい、と。

（1）　冉伯牛と顔回のこと。ともに春秋時代、魯の人。孔子の弟子で、二人ともに徳行のすぐれた人。

我見多求人
不異蚕自纏
渾為愛銭財
心身不暫閑
年々損性質
歳々増魯頑
一朝赴黄泉
半箇非己分
他人受快楽
姓名杳不聞
是等諸痴子
太殺可哀憐

我　多く求める人を見るに、
蚕《かいこ》のみずから纏《まと》うに異ならず。
すべては銭財を愛《お》しむがために、
心身　暫《しばら》くも閑ならず。
年々　性質を損《そこな》い、
歳々　魯頑《ろがん》を増す。
一朝　黄泉に赴《おもむ》かば、
半箇も　己の分にあらず。
他人　快楽《けらく》を受くるも、
姓名　杳《よう》として聞かれず。
これらの　諸痴子《しょちし》、
太殺《はなはだ》　哀憐《あいれん》すべし。〔先・刪・文押韻〕

〔訳〕
私は欲深《よくふか》な人を見るたびに、自分の糸で体を鎖《とざ》す蚕《かいこ》とそっくりだ、と思う。
ただもう金銭財産がほしいばかりに、心身が片時も休まる暇とてない。
そのために年々その人の性質は損《そこな》われ、歳々おろかさ、頑固さを加えてゆく。

このような人も、一朝《ちょう》こと切れてしまえば、これっぽちの財貨すらも己《おのれ》の分け前として持ってゆけるものではない。

後に残った者が、その財貨で快楽を得ても、御本人の姓名などは問題にもされない。

こうした愚か者こそ、大そう可哀相《あわれ》である。

鳶巣喬木顚
黄雀聚其株
鳶使雀啄雛
雀憑鳶護烏
此物猶尚尓
両箇互逓扶
如何其為人
彼此為相誅

鳶《とび》は　喬木の顚《いただき》に巣《すく》い、
黄雀は　その株に聚《あつ》まる。
鳶は　雀をして雛《ひな》に啄《ついば》ましめ、
雀は　鳶に憑《よ》って烏より護《まも》らる。
この物　なおなお尓《しか》り、
両箇　互逓《たがい》に扶《たす》けあう。
如何ぞ　それ人たるもの、
彼此《ひし》　相い誅《ちゅう》することをなすや。〔虞押韻〕

〔訳〕
鳶は、高い樹のてっぺんに巣をつくり、小雀は、その樹の根もとに集まる。
鳶は、雀に自分の雛を養わせ、雀は、鳶によって烏の危害から護られる。
このように鳥類ですら、両者互いに助けあっているではないか。

それなのにどうして人間ともあろうものが、あちこちで殺し合いをしているのか。

誰家不喫飯
為何不自知
伊余出此語
時人皆相嗤
尓与嗤我語
不如無自欺
若得無自欺
始知我語奇

誰《た》が家か　飯《いい》を喫せざらん、
なんすれぞ　みずからを知らざる。
これ　余《われ》　この語を出ださば、
時人《ひと》　みな相い嗤《わら》わん。
尓《なんじ》　我が語を嗤《わら》わんよりは、
みずからを欺《あざむ》くことなきにしかず。
もし　みずからを欺くことなきを得ば、
始めて我《わ》が語の奇なるを知らん。〔支押韻〕

〔訳〕

どなたの家でも必ず御飯は食べるであろう。それなのに、どうして真実の自己を知ろうとしないのか。

私がこんなことを言い出すと、いまどきの者は、互いにせせら笑いをするに違いない。

だが、あなた方は私の言葉をあなどり笑うより、自分を欺かないようになさるにこしたことはない。

もし自分の本心を欺かなくなることができたら、始めて私の言葉が、ただならぬものであったということに気がつくことだろう。

無欲一切足
有求万事究
淡菜可療饑
衲衣聊纏躬
独往伴麋鹿
高歌和村童
洗耳巌下水
可意峰上松

欲なければ　一切足り、
求めるあれば　万事究《きゅう》す。
淡菜　饑《うえ》を療《いや》すべく、
衲衣　いささか躬《み》に纏《まと》う。
ひとりゆきて　麋鹿《びろく》を伴《とも》とし、
高歌して　村童に和す。
耳を洗う　巌下《がんか》の水、
意《こころ》に可《かな》う　峰上の松。〔東・冬押韻〕

〔訳〕

欲がなければ一切が満ち足り、欲を出せば何ごとも行きづまる。粗食でも空腹を満たすことができ、着るものといえばわずかにぼろ袈裟を身にまとう。独り山あるきしては、鹿たちを友とし、村へ下りて行っては、声はりあげて子供たちと一緒に唱《うた》う。そして、世の中の汚れた事を聞けば巌下の水で耳を洗えばよいし、むなしければ、峰吹く松風の音に聴き入って心満たすこともできる。

痛哉三界客
不知何日休

痛ましいかな　三界の客、
知らず　何《いず》れの日にか休《や》まん。

往還六趣岐(1)
出没四生流(2)
云君兮云臣
皆是過去讎
為妻兮為子
曷由出幽囚
縦得輪王位
竟作陶家牛
痛哉三界客
何日是歇頭
逢夜熟思惟
涙流不能収

往還す　六趣の岐《ちまた》、
出没す　四生《しょう》の流《ながれ》。
君と云い　臣と云う、
皆これ　過去の讎《むくい》。
妻となり　子となる、
なにに由《よ》ってか　幽囚《ゆうしゅう》を出でん。
たとい輪王の位を得とも、
ついには陶家の牛とならん。
痛ましいかな　三界の客、
何《いず》れの日か　これ歇頭《かっとう》ならん。
逢夜　つらつら思惟すれば、
涙流れて　収むるあたわず。〔尤押韻〕

〔訳〕

なんと痛ましいことだろう、煩悩のとりことなっている俗界の人達は。毎日あくせくとして妄想に追われっぱなしで、休む日とてない。

それればかりか、六道の巷《ちまた》を往き来していて、四生の何れかに生まれ変わっている。この世で君といわれ、臣といわれても、みなこれ過去の業《ごう》が然らしめた結果にほかならない。

ましてや、妻となり子となるものは、一体何によって断ちがたい恩愛の絆《きずな》から解脱《げだつ》できるであろうか。たとえ須弥《しゅみ》四洲を統御する転輪聖王《てんりんじょうおう》のような地位を得ようとも、その座につくご本人の心に解脱《さとり》がなければ、結局は陶家《やきものや》の看板牛のようなもので、なんの役にも立たないであろう。

ああ実に痛ましいことよ、俗界の人たちはいつになったら、とらわれから超越することができるのか。夜っぴいてつくづくと思い深めていると、涙が止めどもなく頬《ほほ》を伝ってきてならない。

（1）六道ともいう。衆生が各々の業《ごう》によって、へめぐる六つの世界、天上界・人間界・地獄界・餓鬼界・畜生界・修羅界のこと。

（2）生き物の生まれ方を四つに分類して、胎生・卵生・湿生・化生とする。

嗟見講経人（1）
雄弁如流水
五時（2）与八経（3）
説得太無比
自称為有識
諸人皆為是
却問本来事
一箇不能使

ああ講経の人を見るに、
雄弁　流水のごとし。
五時と八経と、
説きざま　はなはだ比なし。
みずから称して　有識《ゆうしき》となし、
諸人　みな是《ぜ》となす。
却《よ》って本来の事を問えば、
一箇だに使うことあたはず。〔上声紙押韻〕

〔訳〕

ああ、嘆かわしいことよ。教相学者を見ると、まことに立て板に水を流すような話しぶりだ。五時と八教の教相の説きかたは、たぐいがないほどおみごとだ。そのうえみずから見識が高いと思いこみ、世人もみなそうだと認めてしまう。そこで、根本的なこと——あなたの真面目はなんですか——と尋ねてみれば、借りものばかりの知識なのでしどろもどろ、ひとつも役に立たない。

（1）仏教の教義を組織的に説く教相学者。

（2）天台の教判で、釈尊の説かれた教説を年次の上から次の五期に分けた。華厳時、阿含時、方等時、般若時、法華涅槃時。

（3）天台宗において、化儀の四教(頓、漸、秘密、不定)と化法の四教(蔵、通、別、円)とを合わせていう。

家住深林裏
年々長碧蘿
更無人事促
時聴采樵歌
当陽補衲衣
対月読伽陀

家住《いえい》は　深林の裏《うち》、
年々　碧蘿《へきら》長《の》ぶ。
さらに人事の促《せま》るなく、
時に聴く　采樵《さいしょう》の歌を。
陽《ひ》に当たりては　衲衣《のうえ》を補《つくろ》い、
月に対しては　伽陀《かだ》を読む。

為報当途子
得意不在多

告げ報《し》らす　途に当たるの子、
意を得るは　多きにあらず。〔歌押韻〕

〔訳〕

住まいは深林《みやま》の中にあり、年々緑の蔦葛《つたかずら》が這い伸びて心地よい。

そのうえ、世間のわずらいごとはなく、時々樵夫《きこり》の歌声を聴くぐらいである。

ひなたぼっこをしながら、破れ衣を繕《つくろ》い、月の光が明るく射《さ》すと、その下で偈頌《げじゅ》を朗誦する。

そこで参学途上の諸子に申し上げよう。心の満足は、多くを求めることにあるのではないのだと。

虫鳴正嘤々
烟火弁四隣
不似城中夜
撃柝以報辰
焼柴終永夕
農談箇無塵
寄語名教士
玆来勿澆淳

虫鳴く　まさに嘤々《ようよう》たる、
烟火　四隣を弁ず。
似《に》ず　城中の夜、
柝《たく》を撃《う》ち　もって辰《とき》を報ずるに。
柴を焼《た》き　永夕《えいせき》を終え、
農談　箇《もと》より塵《けがれ》なし。
語を寄す　名教の士に、
ここに来りて　淳《じゅん》を澆《うす》うするなかれ。〔真押韻〕

〔訳〕

田園の秋の夕。草むらでしきりに鳴く虫の声のなんと賑《にぎ》やかなことよ。一日の農事が終わり、烟《けむ》焼《た》きの煙とその火が夕闇の中に赤々と燃え出してひときわ美しい。拍子木《ひょうしぎ》を叩《たた》き時を知らせてまわる町中の夜の情景とは、まるで違う。夜長に柴を焼《た》き炉辺で語り合う話といえば、いうまでもなくまじめな取り入れ話ばかり。さて下情に疎《うと》いお偉方《えらがた》に申し上げたい。農村へ来られても、この淳朴な農家の美風をかるがるしく毀《こわ》してしまうようなことは、是非ともおやめになっていただきたい。

君欲求蔵経[1]　君は　蔵経を求めんと欲し、
遠離故園地　遠く　故園の地を離る。
吁嗟吾何道　ああ　吾　何をか道《い》わん、
天寒自愛　天寒し　自愛せよ。〔去声寘・隊押韻〕

〔訳〕
貴女は、大蔵経購入資金勧募のため故郷を遠く離れ、江戸に出向いておられる。ああ、私はただ頭が下がるだけで、何も申し上げる言葉とてない。師走《しわす》も暮れようとしている寒い時節、聖胎《おんみ》いよいよ長養《おいとい》なされんことを。

（1）与板町の維馨尼《いきょうに》。大坂屋三輪長高の娘きし、出家しての名。

偶作　（偶作）

可歎世上人心険
不知何処保生涯
昨夜前村打鼓頻
道是草賊襲人家

歎ずべし　世上　人心の険《けわ》しきを、
知らず　何《いず》れの処にか　生涯を保たん。
昨夜　前村　鼓《く》を打つことしきり、
道《い》う　これ草賊　人家を襲《おそ》いしと。〔佳・麻押韻〕

〔訳〕　ふと思いついて作る
　世の中の人の心が険《けわ》しくなったことは嘆《なげ》かわしい極みだ。こんな態《ざま》では、どこへいっても安らかな生涯を請《うけ》合《あ》いえないことがよくわかる。
　昨夜、前の村で太鼓の音がしきりに聞こえたのは、こそ泥が人家を襲ったからだという。

土(1)波後詩　（土《つ》波《なみ》後の詩）

日々日々又日々
日々夜々寒裂肌
予性畏寒因以発端

日々　日々　又日々、
日々　夜々　寒さ肌《はだえ》を裂《さ》く。
予が性　寒を畏《おそ》る　因《よ》りてもって発端とす。

漫天黒雲日色薄　　漫天の黒雲に　日色薄《うす》れ、
帀地狂風捲雪飛　　帀地《そうち》の狂風　雪を捲《ま》いて飛ぶ。
濁浪蹴天魚竜漂　　濁浪　天を蹴《け》って　魚竜漂《ただよ》い、
牆壁鳴動蒼生悲　　牆壁《しょうへき》　鳴動して　蒼生《たみびと》かなし。
四十年来一回首　　四十年来　一《ひと》たび首《こうべ》を回《めぐ》らせば、
世移軽靡信如馳　　世は軽靡《けいび》に移り　まことに馳《は》するがごとし。
況怙太平人心弛　　いわんや太平をたのんで　人心のゆるむをや、
邪魔結党競乗之　　邪魔　党を結んで　競《きそ》うてこれに乗ず。
恩義却為讎　　恩義　かへって讎《あだ》となり、
忠貞更無知　　忠貞　さらに知るなし。
論利争毫末　　利を論ずれば　毫末《ごうまつ》を争い、
語道徹底痴　　道を語るも　徹底して痴《ち》なるのみ。
慢己欺人称好手　　己を慢《あなど》り人を欺《あざむ》くを　好手と称し、
土上加泥無了期　　土上に泥を加えて　了期なし。
大地茫々皆如是　　大地茫々　皆かくのごとし、
我独鬱陶訴阿誰　　我ひとり鬱陶《うっとう》として　阿誰《たれ》にか訴えん。
凡物自微至顕亦尋常　　すべて物　微より顕《けん》に至るも　また尋常、

這回災禍猶似遅　こたびの災禍　なお遅きに似たり。
大丈夫之子須有志気　大丈夫の子　すべからく志気《しいき》あるべし、
何必怨人咎天效女児　何《なん》ぞ必ずしも　人を怨《うら》み天を咎《とが》めて　女児にならわん。〔支・微押韻〕

〔訳〕　津波が来たあとの詩

来る日も来る日もまたその次の日も。日々夜々、寒さは肌《はだえ》をつき刺すばかりであった。（私は生まれつき寒さがこわい。そのためにこれを書き出しの枕とした）。

空一面が黒雲に覆われて、陽の光もうすれるほど。大地を払うような狂風が、天《あま》ぎる雪を捲きこんで暴れ狂っていた。

濁った怒濤が天を蹴り上げるかのよう。魚竜もなすところ泣くただ浮きつ沈みつするばかり。塀や壁も軋《きし》み響動《どよも》し、民衆は悲しみの淵にひきおとされた。

四十年このかたのことを回顧すれば、世の中が軽はずみに靡《なび》くこと、まるで坂道を駈けてゆくかのようであった。

ましてや、太平をよいことに民心が弛《ゆる》みきっているところへもってきて、邪《よこしま》な連中は、徒党を組んで争い合って、これに付けこみ悪事をはたらく始末。

人に恩義を施しても、逆に悪心を起こされて讎怨《あだうら》みとなり、人の真心《まごころ》など誰もどこ吹く風となった。

利益が絡《から》むと、きわめて些細《ささい》なことで争い、仏道の話になると、底ぬけの痴《おろか》さである。

そのうえ世間では、己れを傲慢《ごうまん》にし、他人を欺瞞《だま》すものを、やり手の人だともてはやし、いわば土の上に泥を積みあげて果てしもない。

広い大地のどこまで行っても、みんなこのような為体《ていたらく》。私はひとり心重苦しく塞《ふさ》ぎこんでいるが、誰に訴えようもない。

すべての物ごとは目には見えない微《わずか》なことから顕《あら》わになるというが、そのとおりである。このように考えればこのたびの災害も、遅きに失《しっ》したというべきだ。

しっかりした大の男ならば毅然《きぜん》として身を処し、殊更《ことさら》天を恨んだり、人を怨んだりして、まるで女子供の心情をまねるようなことがあってはなるまい。

（1）　文政十一年十一月十二日の三条地震。

過鶴屋⑴逢米屋⑵舎弟　（鶴屋をよぎりて米屋の舎弟に逢う）

逆旅忽相遭
告別思難禁
何以贈一句
空莫過光陰

逆旅《げきりょ》にて　たちまち相い遇《あ》う、
告別　思《おもい》　禁じがたし。
何をもってか　一句を贈らん、
空しく光陰を過《わた》るなかれ　と。〔侵押韻〕

〔訳〕　鶴屋の前を通りぬけたところで米屋の舎弟に逢った旅の宿屋で思いがけなくもお目にかかることができた。が、いざお別れとなると惜別の情に堪えない。

そこでどんな餞《はなむけ》の言葉を贈ろうかと考え、空しく時をおすごしなさるなよと伝えた。

（1）未詳。
（2）寺泊町の本間山斎、回船問屋で酒造業を営んでいた。八十の賀の時、良寛に酒一樽を贈った。

端午於玉島　（端午　玉島に於て）

携樽共客此登台
五月榴花長寿杯
仄聴屈原湛汨羅
衆人皆酔不堪哀

樽を携えて　客と共に　ここの台に登る、
五月の　榴花《ざくろ》　長寿の杯。
ほのかに聴きぬ　屈原　汨羅《べきら》に湛《しず》みしを、
衆人みな酔えるも　哀《かな》しみに堪えざりき。〔灰押韻〕

〔訳〕　端午の節句に玉島にて
徳利を携《さ》げて客《つれ》と円通寺の高台に登り、五月に咲く柘榴《ざくろ》を賞《め》でながらいのち長かれと杯を取り交わした。伝え聞くところによれば、この日に楚の屈原は、清節を守るべく汨羅に身投げをしたという。平安に酔いしれた当時の衆人に同ずることなしに世を去った屈原の心情を思うと、哀しみにたえず胸がうずいてやまなかった。

有二僧論経優劣往復移時因有偈　（二僧有り　経の優劣を論じ往復して時を移す　因《よ》りて偈《げ》あり）

仏説十二部(1)　仏説十二部、
部々皆淳真　部々　みな淳真なり。
東風夜来雨　東風　夜来の雨、
林々是鮮新　林々　これ鮮新なり。
何経不度生　何《いず》れの経か　生を度《ど》せざらん、
何枝不帯春　何れの枝か　春を帯《お》びざらん。
識取此中意　この中の意を識取して、
莫強論疎親　強いては疎親を論ずるなかれ。〔真押韻〕

〔訳〕二人の僧が経の優劣を論じ合って手紙をやりとりして時を過ごしていたので、偈を詠むにている。

仏陀の説かれた十二部の経文《きょうもん》は、何れもみな純粋で真実なものばかりである。

それは東風《はるかぜ》が、夜来、春雨を呼び、どの林も生き生きとしてくるようなもの。

どの経文も衆生済度《しゅじょうさいど》を念じないものはないということは、どの枝々も春の気配を帯びないものはないのに

だからこの経文の中の意味をよく汲み取って、何れが仏説《ぶっせつ》に遠いとか近いとかなどと強《し》いて弁別読みなどし

てはならない。

（1）仏陀の説かれた所説を十二種に分けた十二部経、十二分教ともいう。経文を叙述の形式で十二分類したもの。契教、応頌、授記、諷誦、自説、因縁、譬喩、本事、本生、方広、希法、論議をいう。

偶作七首二　（偶作七首の二）

弾指堪悲人間世
百年行楽春夢中
一息裁断属他界
四大（1）和合名之躬
争名争利竟底事
慢己慢人呈英雄
請見曠野凄風暮
幾多髑髏逐断蓬

弾指《たんじ》　悲しむにたえたり　人間の世、
百年の行楽　春夢の中なり。
一息わずかに断《た》ゆれば　他界に属すに、
四大《しだい》和合するを　これを躬《み》と名づくのみ。
名を争い利を争いて　ついになにごとぞ、
己を慢《あなど》り人を慢り　英雄を呈す。
請見《ごらん》よ　曠野　凄風の暮、
幾多の髑髏《どくろ》　断蓬《ぼう》を逐《お》う　を。〔東押韻〕

〔訳〕　偶作七首の二

つかの間の人の世の命《いのち》は、まことに悲しい極みである。たとえ百年の楽しみが続いたにせよ、それは春の夜の夢の中でのできごとのようなもの。

一息ことりと断えれば、それっきりで、あの世の人で地・水・火・風の四大元素が、和合したものを体《み》(躬)と名づけているだけのこと。

それなのに名聞や利益を争い求めたところで、結局、何になるというのだ。世間では、自分に慢心し、他人を馬鹿にするような人間が英雄気取りしているだけのこと。

みて御覧なさい。広野に血腥《ちなまぐさ》い風の漂う夕ま暮れ、多くの髑髏《どくろ》が千切れた蓬《よもぎ》の間にごろごろしている現実《さま》を。

（1）仏教の原素説で、物質の構成を地、水、火、風と説く。

偶作七首三（偶作七首の三）

自辞白蓮精舎(1)会
騰々兀々送此身
一枝烏藤長相随
七斤布衫破如烟(2)
幽窓聴雨草庵夜
大道打毬百花春
前途有人如相問

白蓮精舎《びゃくれんしょうじゃ》の会《え》を辞してより、
騰々兀々《とうとうごつごつ》として　この身を送る。
一枝の烏藤《うとう》　つねに相い随い、
七斤の布衫《ふさん》　破れて烟《けむり》のごとし。
幽窓に雨を聴く　草庵の夜、
大道に毬《まり》を打《つ》く　百花の春。
前途に人あり　もし相い問わば、

従来天下一間人　　従来　天下の一間人と。〔真・先押韻〕

〔訳〕　偶作七首の三

円通寺の会下《えか》(修行場)を送行《そうあん》(下山すること)してから、高揚した気持ちでどっかと坐禅しつつ日々を送っている。

一本の錫杖《しゃくじょう》をいつも手放さず、大事な七条の袈裟《けさ》といえば、すでに破れなびいてまるで煙のようだ。しずかな窓辺《まどべ》で雨音を聞く草庵の夜は捨てがたいし、また大通りで子供らと手毬に興じる爛漫たる春も捨てがたい一刻《ひととき》である。

行く途中で誰かが、こんな私のことを尋ねたら、もともと天《あめ》が下《した》の閑道人(世事をはなれて閑居する人)だと申しあげよう。

(1)　玉島の円通寺のこと。白蓮社は晋の慧遠法師が念仏修行のために廬山の東林寺に設けたという故事があるが、これとは別に「白華老衲の会」としたのがあって、白華山は円通寺の山、老衲は国仙和尚をさす。

(2)　越後の方言でインとエンを混同していたようである。

偶作七首五　(偶作七首の五)

一段風光迥殊絶　　一段の風光　はるかに殊絶す、

那箇劫中消道離　　那箇の劫中《ごうちゅう》　道《どう》を消し離《さ》る。

事理将来没交渉
玄妙証去更差池
大梅生涯喪一句
猖獦不会別伝衣
大丈夫児須志気
莫効軽毛東西飛

事理　もち来るも　交渉没《な》く、
玄妙　証し去れば　さらに差池《しち》たり。
大梅の生涯は　一句に喪《そう》し、
猖獦《きっかつ》は不会《ふえ》にして　別に伝衣さる。
大丈夫の児《じ》　すべからく志気《しいき》あるべし、
軽毛に効《なら》うて東西に飛ぶなかれ。〔支・微押韻〕

〔訳〕　偶作七首の五

仏法というものの風光《ようす》は、はるかに人の思慮を絶している。仏法の「道《どう》」というものも、そのような特別のものが、ことさらあるわけではない。

相対だの絶対だのといってみても通常の概念では限定できない。仏法の幽玄微妙なことわりを証しきったとしても、人によって差がある(したがって仏法の真実は、古来、流転《るでん》の差別の中にこそ厳としてあることがわかろう)。彼の大梅法常禅師(七五二―八三九)の生涯は、馬祖道一(七〇九―七八八)が愛用した「即心是仏」の一句に徹底して、さとられたといわれる。また六祖慧能は、下賤の出身。文字を知らず仏法の理論を理会することなしに、また只管打坐《しかんたざ》の修行に明け暮れすることもなく、禅の真髄に徹していたため五祖弘忍(六〇一―六七四)から衣鉢《さとり》を授けられた。

それゆえ大丈夫たる者は、宜しく一つに徹しようとする志気《しいき》を奮い起こすべきなのだ。仏法という大きな面目を失って、上辺《うわべ》だけの軽い羽毛のようにふわふわと、あちらこちらと迷い歩いてはならない。

偶作七首七　（偶作七首の七）

三界冗々事如麻
非適今兮自古然
渾為一句不了却
百年無端疲往還
経数名相不永返
禅執寂静竟難遷
因憶洞山好言語(1)
出門即是草漫々

三界冗《じょう》々として　事　麻のごとし、
今に適《はじ》まるのみに非ず　古より然り。
渾《すべ》て一句を了却《りょうきゃく》せざるがために、
百年はしなくも　往還に疲る。
経は名相《みょうそう》を数えて　永くは返らず、
禅は寂静《じゃくじょう》に執《しっ》して　竟《つい》に遷《うつ》りがたし。
因《よ》りて憶《おも》う　洞山の好言語、
門を出づればすなわちこれ　草漫々。〔先・刪・寒押韻〕

〔訳〕　偶作七首の七

この世の中の人間関係は、ごたごたと煩《わずら》わしくてまるでみだれた麻のようである。この理《ことわり》は、今の世に始まったことではなく、昔からそうだったのだ。

これは、すべて生死《しょうじ》事大《じだい》の一句を悟らぬがためにおこることで、そのために人は百歳の日月を空しく費やすだけで、そのうえ精神まですり減らしてしまう。

文字をたてて経文に依る教家は、虚仮《こけ》の現象にのみとらわれ、本来の面目（如実に自心を知る）に立ち返ることができない。また文字を立てず坐禅のみに終始する禅者は、寂静《さとり》にとらわれ、ついに他の広大無辺の世界の存在を見失いがちとなる。

こうしたことにちなんで思い出されることがある。それは洞山禅師の好いお言葉だ。三門を出立《しゅったつ》して雲水行脚《あんぎゃ》に向えば、どこへ行っても草茫《ぼう》々だということ。つまりどこもかしこも煩悩の渦《うず》まく世界だけだ。だからこそ、その真っただ中に身を投じて煩悩と一体になるまで、さらにいえば煩悩《ぼんのう》を意識しない状態にまで自己を高めなさいと仰せられたことである。

（1）　洞山禅師（八〇七―八六九）の語録『洞山録』（洞門文学全集「洞山」参照）の「万里無寸草」の公案の絶句。

二、参禅弁道・愛宗護法

（坐禅を組むことは、正しく仏道にはげんでいること・宗門を愛するとは、正しい仏道を行《ぎょう》じていること）

拝永平高祖録(1)有感作　（永平高祖録を拝し感ありて作る）

春夜蒼茫二三更
春雨和雪灑庭竹
欲慰寂寥良無由
空手摸著永平録
明窓下几案頭
焼香点灯静披読
身心脱落唯貞実
千態万状竜弄玉
格外知見洗時弊

春夜蒼茫《そうぼう》たり　二三更《こう》、
春雨　雪に和して　庭竹に灑《そそ》ぐ。
寂寥《せきりょう》を慰めんと欲するも　まことに由《よし》なく、
空手《くうしゅ》もて摸著《もじゃく》す　永平録。
明窓の下《もと》　几案《きあん》の頭《ほとり》、
香を焼き灯《た》を点じ　静かに披《ひら》き読む。
身心《しんじん》脱落は　ただ貞実あるのみ、
千態万状　竜　玉を弄《もてあそ》ぶ。
格外《げ》の知見は　時弊を洗い、

老大家風像西竺
憶得疇昔在円通時
先師(2)提示正法眼(3)
当時潜有翻身気
為請拝閲親履践
転覚従来狂用力
由茲辞師遠往返
吾与永平那因縁
到処奉行正法眼
自尓以降知幾年
忘機帰来任疎嬾
今把此録静参得
大与諸方調不混
玉兮石兮無人問
五百年来委埃塵
職由是無択法眼
蕩々皆是為誰挙

老大の家風は　西竺《せいじく》に像《かたど》る。〔屋・沃押韻〕
憶《おも》い得たり　疇昔《ちゅうせき》　円通にありし時、
先師　提示す　正法眼《しょうぼうげん》。
当時　潜《ひそ》かに翻身《ほんしん》の気あり、
為に拝閲を請うて　親しく履践《りせん》す。〔上声潜押韻〕
うたた覚《おぼ》ゆ　従来　みだりに力を用いしことを、
これより師を辞し　遠くへ往返せり。
吾と永平と　なんの縁にか因《よ》る、
至る処奉行《ぶぎょう》す　正法眼。
それより以降　幾年なるかを知らんや、
機を忘《ぼう》じ帰り来つて　疎嬾《そらん》に任《まか》す。
今この録を把《と》りて　静かに参得するに、
おおいに諸方と　調　混ぜず。
玉か石か　人の問うなく。
五百年来　埃塵《あいじん》に委《まか》せしは、〔上声濟・阮・銑・旱・平声真押韻〕
職《ただ》にこれ法を択《えら》ぶの眼なきによるのみ。
蕩々《とうとう》　皆これ　誰《た》がためにか挙《こ》す、

慕古感今労心曲
一夜灯前涙不留
湿尽永平古仏録
翌日隣翁来草庵
問我此書胡為湿
欲道不道心転苦
心転苦兮説不及
低頭良久得一語
夜来雨漏湿書笈

古を慕い今に感じて　心曲を労す。
一夜灯前に　涙　留まらず、
湿《しめ》し尽くす　永平古仏録を。〔沃・屋押韻〕
翌日　隣翁　草庵に来たりて、
我に問う　この書　いかんぞ湿《しめ》りたると。
道《い》わんとすれども道えず　心うたたくるし、
心うたた苦しくして　説き及べず。
低頭《ていず》やや久しうして　一語をえたり、
夜来の雨漏《うろう》　書笈《しょきゅう》を湿《ぬ》らせりと。〔緝押韻〕

〔訳〕　永平高祖（道元禅師）録を拝読して感興を誘われて作る

ぬばたまの春の夜が、二三更とふけるにつれ、そこはかとなく寂しさがつのってくる。そして早春の霙《みぞれ》の雪が、庭の小笹にさらさらと降りかかる。

寂しさを慰めようとしても、なんとも術《すべ》がないので、暗《くら》がりに素手《すで》で手さぐりで『永平録』をとり出した。あかり窓のもと、机上に安置し、香を焼《た》き灯《あかり》をつけ、静かに開いて拝読する。

「身心脱落」という御言葉は、要するに貞実《まこと》の自己を知れ、ということなのだ。竜が宝珠をもてあそぶように、禅師は、色々な角度から親切に説いておられる。

並外《はず》れた知識見解は、時代の弊風を洗い浄め、どっしりした家風は、釈尊そっくりである。

想《おも》えば、昔、私が玉島の円通寺に安居《つめ》ていたとき、先師国仙和尚が『正法眼蔵』を提唱なされた。その頃、ひとしれず開悟の気配を身の内に感じていた。ために国仙和尚にお願いして親しく修行の実参実究を見とどけていただいた。

すると、どうもこれまでは、独りで修行に力《りき》みすぎていたように感じられてきた。これを機《しお》に先師のもとを辞して諸方《あちこち》を遍参(雲水行脚《あんぎゃ》して尋師訪道すること)することにした。

いったい私と道元禅師と何のかかわりがあるというのか。なんの縁故もないではないか。にもかかわらず、どこへ行っても禅師がつきまとっていて、『正法眼蔵』の御教えを実践させられてきた。

思うに道元禅師の教えに接してから何年たったか分からない。しかるにいまや対機《ひと》も自己もうち忘れ、さらりとした境地で故山に帰ったのはよいが、怠け放題である。

今この祖録を読んで静かに参究してみると、この教えは、大いに諸方の俗にこびている教えとは、全く調子を異にしていることがよく分かる。

にもかかわらず、この教えが、玉かそれともただの石かということすら誰一人として尋ねようとする者さえいない。

この『永平録』が、五百年来埃《ほこり》や塵《ちり》にうずもれて、見むきもされなかったのは、ただこれ人々に正法をえらびぬく炯眼《けいがん》がなかったことに由来する。

この書が、蕩《とう》々と述べている御言葉は、皆これ一体誰のために提示されているのか。何れも我等修行者への老婆親切心にほかならない。とにもかくにも道元禅師の昔が慕われてならない。何故というに、古《いにしえ》に比べて今のだらしなさを感ずると、五臓六腑はもとよりのこと、心のすみずみまでうずきいたむからだ。

一晩灯《ともしび》の前で万感こもごもいたり、涙がとどめもあえず流れ、大事な『永平録』をしとどに濡らしてしまった。

その翌日、隣りの翁が、むさくるしい庵にやって来られた。私にむかいこの書物はどうして湿っているのかと尋ねる。

私は、事のわけを話そうかと思ったが、よく言えそうもなく、内心ずっと心苦しかった。

そこで頭をたれ、ややしばらく考えた末、都合のよい言葉を見つけた。夜もすがらの雨漏りで本箱をぬらしてしまったのだ、と。

（1）道元禅師初住本京宇治県興聖禅寺語録（侍者詮慧編）と開闢次住越州吉祥山永平寺語録（侍者懐奘編）よりなる。延文戊戌三年（一三五八）刊。

（2）示寂した本師国仙をさす。

（3）道元禅師著『正法眼蔵』九十五巻。

静夜虚窓下
打坐擁衲衣
臍与鼻孔対
耳当肩頭垂

静夜　虚窓の下《もと》、
打坐《たざ》して　衲衣《のうえ》を擁《から》ぐ。
臍《ほぞ》と鼻孔《びこう》と対せしめ、
耳は肩頭に当たりて垂《た》る。

窓白月始出
雨歇滴猶滋
可怜比時意
寥々只自知

窓　白《しら》んで　月　出で始め、
雨　歇《や》んで　滴《しずく》　なお滋《しげ》し。
怜《あわ》れむべし　この時の意、
寥々《りょうりょう》　ただ自知あるのみ。〔微・支押韻〕

〔訳〕

静かな夜に、がらんとした部屋の窓辺で、破れ袈裟《けさ》をからげ坐禅を組んでいる。頸《くび》すじを伸ばし、臍《ほぞ》と鼻の孔《あな》とを対せしめ、耳は肩に向けて垂れさせて坐る。いつのまにか窓が白《しら》んできたので月が出はじめたと知る。雨がやんだのであろうか、雫《しずく》が軒端《のきば》に垂れて賑わしい。

愛すべきかな、この時の意中は、ひっそりと端座する坐禅のうちに、己自身を見つめているだけである。

乾坤一草堂
終身粗布衣
任生口辺醭
懶払頭上灰
已無銜華鳥
何有当鏡台

乾坤《けんこん》　一草堂、
終身　粗布《そふ》の衣。
生《お》ゆるに任《まか》す　口辺の醭《ぼく》、
払《はら》うに懶《もの》うし　頭上の灰。
すでに華を銜《ふく》むの鳥なし、
何《なん》ぞ鏡に当たるの台あらん。

無心取虚名　心に虚名を取るなし、
遮莫嫌且猜　さもあらばあれ　嫌《けん》かつ猜《さい》。〔微・灰押韻〕

〔訳〕

広大な天地にちっぽけな一草庵がある。そこで生涯をかけ、粗末な袈裟をまとって坐禅をしつづけている。正身端座に打ちこんでいると、口もとに白かびが生えようと、頭上に灰がつもろうと一向気にならない。牛頭《ごず》法融《ほうゆう》が四祖大医道信のもとに参じる以前には、下界の百鳥が花をくわえてやってきて修行を励ましてくれたものだ。が、参じてからはそれがなくなったという。また大鑑慧能が、五祖大満弘忍の会下《えか》にあって、「心は明鏡台の如し」と偈に詠《よ》んだ神秀と異なり、「明鏡もまた台にあらず」と詠んで六祖の法統を継ぐことができたのも、知解《ちげ》を排してひたすらに行解《ぎょうげ》につとめたからである。

私の心には、虚名に憧《あこが》れるような想いは片鱗《かけら》すらない。世間の人がこうした私を嫌おうが猜《うたが》おうが、私の感知するところではない。

従来円通寺　円通寺に来たりしより、
幾回経冬春　幾回か　冬春を経たる。
門前千家邑　門前　千家の邑《いう》、
乃不識一人　すなわち　一人だに識らず。
衣垢手自濯　衣　垢《あか》づけば　手ずからあらい、

食尽出城闉
曾読高僧伝
僧可々清貧

食　尽くれば　城闉《いん》に出づ。
曾《かつ》て　高僧伝を読みしに、
僧は　可々《かなり》に清貧なりき。〔真押韻〕

〔訳〕

円通寺に安居《あんご》(夏と冬各九十日間、修行寺で坐禅弁道すること)してから、いく年すごしたか忘れてしまうほどである。

門前には千戸ほどの街なみがあるが、長い安居期間中、たった一人の顔見知りすらできないほどの猛烈な修行であった。

衣類が汚《よご》れれば自分で洗い、寺の御櫃《おひつ》が乏しくなると街に出て托鉢《たくはつ》をやる。

以前に『高僧伝』を読んだことがあるが、私からみると『高僧伝』に見る僧もかなり清貧のようであった。

憶在円通時
恒歎吾道孤
搬柴懐龐公(1)
踏碓思老盧(2)
朝参不敢後
晩請常先徒

憶《おも》う　円通に在りし時、
恒《つね》に歎じたりき　吾が道の孤《ひとり》なるを。
柴《たきぎ》を搬《はこ》びて　龐公《ほうこう》を懐《おも》い、
碓《うす》を踏みては　老盧《ろ》を思いぬ。
朝参　敢《あ》えては後《おく》るるにあらず、
晩請《ばんしょう》　常に徒に先んじぬ。〔虞押韻〕

自従一散席
倏忽三十年
山海隔中州
消息無人伝
感恩竟有涙
寄之水潺湲

一《ひと》たび　席を散《はな》れてより、
倏忽《しゅくこつ》たり　三十年。
山海　中州を隔て、
消息　人の伝うるなし。
恩に感じ　ついに涙あり、
これに寄するに　水　潺湲《せんえん》。〔先押韻〕

〔訳〕

円通寺に詰めていた頃が思い出される。あの頃は、常にひとり歩きの行く手を歎きかこったものだった。柴運《たきぎ》びの作務《さむ》をしては、馬祖門下の龐居士《ほうこじ》の故事を想い出し、米の臼《うす》づきをしては、盧行者《ろあんじゃ》と呼ばれていた六祖慧能のことを思った。

朝の小参（方丈の間《ま》において参学の大衆《だいしゅ》が住持より親しく法話を受けること）に出る際にも、めったに他の大衆に遅れをとるようなことはなく、また晩の参禅もいつも皆に先きがけて行った。

一《ひと》たび円通寺をはなれてから、たちまち三十年も経ってしまった。

越後と備中とを中州が遠くへだてているため、誰も消息など伝えてくれない。

師恩の深かったことを感ずると、涙がさらさらと音をたてて流れるせせらぎのように溢《あふ》れ出て、ついにとどまらない。

（1）　唐の龐蘊《ほうおん》居士。馬祖道一に参じて法を嗣ぐ。

（2）　唐の六祖慧能。姓は盧氏。老は尊称。

冥々芒種節
衲衣冷不乾
軒任蓬蒿没
牆従藤蘿穿
有口宛若椎
無心長閉門
終日環堵室
孤坐思倏然

冥々《めいめい》たり　芒種《ぼうしょう》の節、
衲衣　冷《しめ》りて乾《かわ》かず。
軒は　蓬蒿《ほうこう》の没するに任《まか》せ、
牆《かき》は　藤蘿の穿《うが》つに任す。
口あれども　あたかも椎《つい》のごとく、
無心にして　長く門を閉《と》づ。
終日　環堵《かんと》の室に、
孤坐して　思ひ倏然《ゆうぜん》たり。〔先・元押韻〕

〔訳〕

じめじめと暗い芒種六月五日の節、ぼろ衣もしめって乾かない。

軒端《のきば》は、生え放題の蓬《よもぎ》にうづもれてしまい、垣根は藤葛《ふじかずら》の匐《は》いまつわりつくままだ。

口は、あるにはあるが、あたかものろまのように、なんの考えもなくいつまでも門をとじているさまさながら。

ひねもすあばら屋の一間《ひとま》にこもってひとり坐禅し、気分は至極のんびりだ。

終日望烟村
展転乞食之
日落山路遠
烈風欲断髭
衲衣破如烟
木鉢古更奇
未厭饑寒苦
古来多若斯

終日　烟村を望み、
展転　食《じき》を乞うていく。
日は落ちて　山路遠く、
烈風　髭《ひげ》を断《そ》がんとす。
衲衣　破れて烟《けむり》のごとく、
木鉢《もくはつ》　古《ふ》りてさらに奇なり。
未《いま》だ厭《いと》わず　饑寒《きかん》の苦、
古来　多くはかくのごとくなればなり。〔支押韻〕

〔訳〕
一日中、炊煙のたちこめる村々を次から次へと托鉢《たくはつ》してゆく。日が落ち、山路はいよいよ遠く感じられ、その上、突然烈しい風が吹いてきて髭をたち切らんばかり。袈裟《けさ》は、破れて半ば烟のように棚《たな》引き、木製の鉢《はち》の子は、古びて一段とめずらしい感じが出てきた。これまで一度も空腹や寒さに泣きごとをならべた覚えはない。昔から出家は多くこうしたものだったにちがいないから。

瞑目千嶂夕

瞑目《めいもく》す　千嶂の夕、

人間万慮空
兀々結跏趺
寥々対虚窓
香消知夜永
衣単覚霜濃
安祥従定起
月上最高峰

人間　万慮空《むな》し。
兀々《ごつごつ》たり　結跏趺、
寥々《りょうりょう》として　虚窓《きょそう》に対す。
香　消えて　夜の永きを知り、
衣　単《ひとえ》にして　霜　濃《こまやか》なるを覚ゆ。
安祥として　定《じょう》より起《た》たば、
月は上がる　最高峰に。〔東・江・冬押韻〕

〔訳〕

深山《みやま》の峰々の黄昏《たそがれ》に、目《まなこ》を閉じて考えにしずむ。人間のめぐらすあらゆる考えごとは空しい。

考えても詮《せん》ないため、兀々《ごつごつ》として結跏趺坐《けっかふざ》を組み、窓辺に向かって禅定《ぜんじょう》に入る。

一本の線香も消え、夜は、ひどく永く感じられる。着けている袈裟は単《ひとえ》で、庭前におく霜の白さを膚におぼえる。

ゆっくりと坐禅から起《た》ち上がり、庭さきへ足を向けると、いちばん高い峰に、月がのぼっていた。

借問三界内
何物尤幽奇
端坐諦思惟

借問《しゃもん》す　三界の内、
何物か　尤《もっと》も幽奇なる。
端坐して　諦《あき》らかに思惟《しゆい》することならん、

思惟得便宜　　思惟は　得便宜《とくべんぎ》なればなり。
紛々羅隋照(1)　　紛々として　隋照《ずいしょう》を羅《なら》べ、
守意莫失時　　意を守りて　時を失するなかれ。
久々若淳熟　　久々《ながく》　もし淳熟せば、
始知不相欺　　始めて　相い欺かざるを知らん。〔支押韻〕

〔訳〕

お尋ねしたい。この娑婆《しゃば》で、もっとも奥深くすぐれているものは、何であろうか、と。それは、正身端坐して人間の思慮分別ではおもいはかることのできないものを思うことであろう。このことは、己のはからいごとを絶する素晴らしいことだからである。ごたごたと隋侯の珠をならべる（宝物を列べることは画餅と等しく、いたずらに空理空論をたたかわすようなもの）だけでなく、ひたすらに人生いかに生くべきかの不易《ふえき》の真意を守って、光陰を空しくせぬようにしなければならない。

長いこと坐禅をつづけ、これになれ親しんでくれれば、始めて自他ともに欺《あざむ》かない久遠の真実が分かってくることであろう。

（1）　周代の隋侯が大蛇より授かったという珠のこと。卞和の玉とともに天下の至宝とされる。

縦読恒沙書(1)　　たとい恒沙《ごうしゃ》の書を読むとも、

不如持一句　一句を持するにしかず。
有人若相問　人ありて　もし相い問わば、
如実知自心　如実《にょじつ》に　自心を知れと。

〔訳〕
たとえ万巻の書物を読んだとしても、一句の真言《まこと》を堅持してこれを実行にうつす人には及ばない。もしその真言《まこと》とはなにかと問う人がいるならば、正身端坐して如実《さながら》に自身を知ることにある、とお答えしよう。

（1）印度の恒河（ガンジス）の砂の数は無量無数に多いことの譬え。

我昔学静慮　我れ昔　静慮《じょうりょ》を学び、
微々調気息　微々として　気息を調う。
如此経歳霜　かくのごとくにして　歳霜を経《へ》、
殆至忘寝食　ほとんど寝食を忘れんとするに至る。
縦得安閑処　よし安閑の処を得たりとせば、
蓋縁修行力　けだし修行の力に縁《よ》らん。
争如達無作　いかでかしかん　無作《むさ》に達して、
一得即永得　一得　即永得たらんには。〔職押韻〕

〔訳〕

私は、むかし坐禅を修め、少しずつ気息を調えた。

このようにして幾歳月を経て、ほとんど寝食を忘れんばかりに勤めた。

現在もし自分にゆったりとしたところがあるとすれば、思うにそれは、この坐禅修行の力によるものであろう。

けれども、作意的な修行を離れて、はからいのない世界を体得して、ひとたびそうした世界を得たら永生《とわ》に変わることのない世界を己が身に現じるにこしたことはない。

大哉解脱服
無相福田衣
仏々方正伝
祖々親受持
非広復非狭
非布也非糸
如是信受去
始称衣下児
〔訳〕

大なるかな　解脱服《げだつぷく》、
無相福田衣《むそうふくでんえ》。
仏々　まさに正しく伝え、
祖々　親しく受持す。
広きにあらず　また狭きにあらず、
布にあらず　また糸にあらず。
かくのごとく　信受し去《ゆ》かば、
始めて衣下《えか》の児《じ》と称《しょう》せん。〔微・支押韻〕

お袈裟《けさ》の功徳《くどく》は、広大無辺なることよ。解脱服（煩悩より解放される）とも無相衣（俗世間の執着を離れる）とも福田衣（無限の福徳を生ずる）ともいわれている。

このお袈裟は仏（さとった人）から仏にぴったりと正しく相い伝え、祖師から祖師へと受けつがれてきた大事な印《しるし》である。

そんなわけでお袈裟は、広からず狭からず、ただの布きれでも糸でもない。

このように信じ、大事に推し戴いてとり扱ってこそ、はじめてお袈裟をかけうる資格のある修行僧ということができよう。

暁送左一（暁に左一を送る）

依稀藤蘿月
送君(1)下翠微
自玆朝又夕
寥々掩柴扉

依稀《いき》たり　藤蘿《とうら》の月、
君が　翠微《すいび》を下だるを送る。
ここより　朝《あした》また夕《ゆうべ》、
寥々《りょうりょう》として　柴扉《さいひ》を掩《おお》わん。〔微・押韻〕

〔訳〕　明け方に左一を送る

ふじかずらの葉越しにぼんやり出ている月あかり。その月を仰ぎつつ、君が山を下るのを送る。

これから別れると、朝な夕なにさびしくなるので、柴の戸を閉ざし、坐禅三昧《さんまい》で暮らすことになろう。

（1）三輪左一、与板町大坂屋の俗弟子。

草庵雪夜作　（草庵雪夜の作）

回首七十有余年
人間是非飽看破
往来跡幽深夜雪
一炷線香古窓下

首《こうべ》を回《めぐ》らせば　七十有余年、
人間《じんかん》の是非　飽《あ》くまで看破す。
往来　跡は幽《かす》かなり　深夜の雪、
一炷《ちゅう》の線香　古窓の下《もと》。〔去声箇・上声馬押韻〕

〔訳〕　草庵雪夜の作
　顧《かえり》みれば　七十余年という長い生涯、衲《わし》は人の世の毀誉褒貶《きよほうへん》は嫌というほど見続けて来た。
　夜ふけの雪に、人の往き来も杜絶《とだ》えてあたりは寂そのもの。そこで私は、暗い窓のもとで線香一本を立て坐禅を組む。

有感　（感有り）

曾剃鬚髪為僧伽
発草瞻風有年斯

曾《かっ》て鬚髪《しゅはつ》を剃《そ》りて　僧伽《そうぎゃ》となり、
発草瞻風《はっそうせんぷう》　ここに年あり。

而今至処供紙筆
只道書歌与書詩

而今《にこん》　至る処　紙筆を供し、
ただ道《い》う　歌を書け　また詩を書けと。〔支押韻〕

〔訳〕感有って

曾て剃髪《ていはつ》をして僧侶の仲間に入り、煩悩の雑草をはらいのけ、悟りへの高風を仰ぐべく、ひたすら仏道を修行して幾年となく過した。

そのような私に対し、今では、世間の人が、どこへ行っても紙筆を用意してお定《き》まりの文句。歌を書けの詩を書けのと。私の多年にわたる修行は、文墨の道のためにではなかったはずだ。

三、行雲流水・花紅柳緑

（とらわれのない修行・あるがままの自然のすがた）

自出故郷後　故郷を出でてより後、
東方諸国行　東方《あずま》の諸国《くにぐに》に行《たび》せり。
毎日過佳境　毎日　佳境《かきょう》を過《よ》ぎりて、
寸短詩不成　寸短の　詩だに成らざりき。〔庚押韻〕

〔訳〕

私は、故郷を出てからのち、東方諸国を旅した。
毎日、佳い景色を見て行き、短い詩すらも作れなかった。

煙海雲山両三年(1)　煙海雲山　両三年、
今日帰来旧廟社　今日帰り来る　旧廟社へ。
帰来一句作麽生　帰来の一句　作麽生《そもさん》、
杖頭掛月軽脚下　杖頭に月を掛《か》けて　脚下軽し。〔上声馬押韻〕

〔訳〕

もやの立つ海辺、雲のゆき交《か》う山辺と、東北の諸方を行脚《あんぎゃ》してくること両三年。今日、恙《つつが》なく元の乙子宮《おとごのみや》に帰って来た。

帰り来たって、一句感想は如何《いかん》とお訊《たず》ねならば、こうお答えしよう。出かける時は、鼻先きにぶらついていた真如の月(さとり)を追い求めていたので息ぎれがしていたが、今やそういうお荷物は、杖の先に掲《かか》げて用なしにしてしまったので、足どりもまことに軽くなった、と。

（1） 文政五年、六十五歳、東北行脚の時か？

珊瑚生南海
紫芝秀北山
物各有所然
古来非今年
伊昔少壮時
飛錫千里遊
頗叩古老門
周旋凡幾秋
所期在弘通

珊瑚《さんご》　南海に生じ、
紫芝《しし》　北山に秀《ひい》ず。
物　おのおの然る所あり、
古来よりして　今年よりにあらず。
かの昔　少壮の時、
錫を飛ばして　千里に遊ぶ。
しばしば古老の門を叩き、
周旋《しゅうせん》　すべて幾《いく》秋ぞ。
期する所は　弘通《ぐつう》にあり、

誰惜浮漚身
歳不与我共
已矣復何陳
帰来絶巘下
采蕨供昏晨

誰《た》れか惜《お》しまん　浮漚《おう》の身。
歳　我と共ならず、
やんぬるかな　また何をか陳《の》べん。
帰り来る　絶巘《ぜっけん》の下《もと》、
蕨《わらび》を采《と》りて　昏晨《こんしん》に供す。〔刪・先・尤・真押韻〕

〔訳〕

珊瑚は南の海に生え、瑞兆の霊芝《れいし》は北の山に頭をもたげる。物は、それぞれあるべきところにある。それは昔からのことで、今に始まったわけではない。私は、嘗《かつ》て若くさかんであったころ、千里の彼方まで行脚《あんぎゃ》にでかけた。しばしば長老方に教えを乞い、諸国遍参に多年を費《つい》やしたものである。念願とするところは、仏法をひろめるためであったから、泡沫《うたかた》のごとき身の骨おしみなど夢にも想わなかった。

逝《ゆ》く歳月は私を待ってくれず、今となってはどうにもならず、ことさら陳《の》べるべきこともない。ただ故郷の国上山の下《もと》に帰って来て、蕨を採って朝夕の食膳に供し、晩年を全うしたいと考えているばかりである。

迷悟相依成
理事是一般
竟日無字経(1)
終夜不修禅(2)
鶯囀垂楊岸
犬吠夜月村
更無法当情(3)
那有心可伝

迷と悟とは、相《あ》い依《よ》りて成り、
理と事とは　これ一般。
竟日《きょうじつ》　無字の経、
終夜　不修の禅。
鶯は　囀《さえず》る　垂楊《すいよう》の岸、
犬は吠《ほ》ゆ　夜月の村。
さらに法の情に当たるなし、
なんぞ心の伝うべきものあらん。〔寒・先・元押韻〕

〔訳〕

迷と悟とは互いに表裏一体をなしている。また絶対の真理(法)である理と相対的諸現象である事についても同じことだ。

昼はひねもす不立文字の禅籍を読み耽り、夜は夜もすがらただ仏に随順する坐禅(悟りを求めぬ禅)に親しむ。この禅の境地は、岸に枝垂れた柳に鶯がさえずり、月夜の村で犬が遠吠えするように、何の変てつもない自然の相《すがた》そのままである。

さらにこの境地は、千変万化する自己の心の現象をみつめて絶対不変の法《さとり》を得ようとするものではない。ただ伝えうるものといえば、坐禅を共通の場とすることによって、師と弟子とが互いのへだたりを取り去って一つに成る実存そのものだけである。

（1）不立文字を標榜する禅籍。
（2）仏に自己を投げいれる。
（3）黄檗希運の『伝心法要』に「何況更別有法当情」とある。

撥草参玄知幾歳　　撥草《はっそう》参玄　いく歳《とせ》なるかを知り、
忽思道人帰旧社　　たちまち道人を思いて　旧社に帰る。
到得帰来無別事　　到り得て帰り来るとも　別事なく、
雲在嶺頭水脚下　　雲は嶺頭《れいとう》にあり　水は脚下に。〔上声馬押韻〕

〔訳〕

私は、多くの障礙《さわり》をはらいのけて仏法の玄理に参ずべく幾《いく》歳月を過してきたことか。今にわかに会中《えちゅう》の修行者のことが偲《しの》ばれるので、円通寺の叢林（修行場）にもどってきた。

画餅は飢《うえ》をみたさぬと。また経巻にのみ従えば経巻に惑わされる、ということをさとって会中に帰ってきてみても、会中は会中で昔と同じで変わっていない。いわば依然として雲は嶺《みね》の上に去来《きょらい》し、水《たにみず》は脚下に流れゆくだけである。

八月涼気至　　八月　涼気至り、
鴻雁正南飛　　鴻雁《こうがん》　まさに南に飛ぶ。

我亦理衣鉢　　我もまた　衣鉢《えはつ》を理《おさ》めて、
得々下翠微　　得々として　翠微を下らん。
野菊発清香　　野菊　清香を発し、
山川多秀奇　　山川　秀奇多し。
人生非金石　　人生は　金石にあらず、
随境心自移　　境に随いて　心おのずから移る。
誰能守一隅　　誰《た》れか能《よ》く　一隅を守り、
兀々鬢垂糸　　兀々《ごつごつ》として　鬢《びん》に糸を垂れんや。〔微・支押韻〕

〔訳〕

仲秋八月になると、涼風が発《た》ち、雁がねは時をたがえず南方へ飛んで行く。

おなじように私も袈裟と鉢の子をまとめて、どんどんと山腹を下って行こう。

野辺の菊はさわやかな香りをはなち、山川の風光は目立って美しくなってくる。

人生は、金石のように堅いばかりでは通せない。外界の環境につれて、人の心も自然と推し移っていく。

だから頑固《かたくな》に一方の片すみに固執して、がちんがちんになって白髪の老人になるのを待っているものがおろうか。

相逢又相別　　相い逢うて　また　相い別る、

来去白雲心　来去は　白雲の心。
惟留霜毫跡　ただ　霜毫《そうごう》の跡を留むるのみ、
人間不可尋　人間《じんかん》　尋ぬべからず。〔侵押韻〕

〔訳〕

お互いにお逢いして、またお別れする。そのさまは、去来する白雲の無心さそのものである。ただ書きとめた筆の跡だけは残っている。だが、二人の心のありようは俗世間では尋ね求めることはできない。

四十年前行脚日　四十年前　行脚《あんぎゃ》の日、
辛苦画虎猫不似　辛苦　虎を画《えが》けども　猫にだに似ず。
如今嶮崖撒手看　如今《にょこん》　嶮崖《けんがい》に　手を撒《はな》ちて看るに、
只是旧時栄蔵子(1)　ただこれ　旧時の　栄蔵子。〔上声紙去声寘押韻〕

〔訳〕

四十年前に行脚を思い立った日、辛《つら》い修行をつんで先徳に迫《せま》ろうとしたが、その片鱗《へんりん》だに得られずに終わった。

今や嶮崖から双手《もろて》を放して、生死《しょうじ》への執着からはなれて自身をみると、なんのことはない、今この私は幼い頃の栄蔵とちっとも変わっていない。

（1） 良寛出家前の俗名。

因指見其月（1）　指に因《よ》って　その月を見、
因月弁其指　月に因って　その指を弁ず。
此月与此指　この月と　この指と、
非同復非異　同にあらず　また異にあらず。
将欲誘初機　まさに初機を誘《いざな》わんと欲して、
仮説箇譬子　仮りに箇の譬《たとえ》子を説く。
如実識得了　如実に　識得し了《おわ》らば、
無月復無指　月もなく　また指もなけん。〔上声紙押韻〕

〔訳〕

指さして、月はあそこと告げる時、指こそは月によって指さされているのである。

月と指とは、異質のものでありながら、見られるもの（月）と見る人（指）は一体となっている。

これは、初心者を導こうとして、仮に一つの譬《たとえ》をもって説いたのである。

坐禅によって如実に自己をさとりきるならば、このように月もなく指もなく、見られるものも、見るものも一体化した無差別平等の境地に安住できることになるのである。

（1） 仏法の面目を月に、語釈経典を指に譬えた。

自従出家後　出家してよりのちは、
略不記日子　すこしも　日子を記《おぼ》えず。
昨日住青山　昨日は　青山《せいざん》に住し、
今日遊城闉　今日は　城闉に遊ぶ。
一嚢与一鉢　一嚢と一鉢と、
騰々任所之　騰々として　之《ゆ》く所に任《まか》す。
興来時把筆　興《きょう》きたれば　時に筆をとるに、
時人呼為詩　時に人呼んで詩となす。〔上声紙・微・支押韻〕

〔訳〕

一《ひと》たび出家してから後は、どのくらい時が経《た》ったかすこしもおぼえていない。

昨日は山間《やまあい》に宿をしたかと思えば、今日は街頭に出て楽しんでいる。

身にまとうものは頭陀袋《ずだぶくろ》と応量器だけ。けれども、どんどんと元気よく行きたいところに行く。

そして、興趣に催されると、時には筆を執って書きつける。すると人は、これを詩といってくれる。

阿部氏宅即事（阿部氏宅即事）

少年捨父奔他国
辛苦画虎猫不成
有人若問箇中意
箇是従来栄蔵生

少年　父を捨てて　他国に奔《はし》り、
辛苦　虎を画《えが》けども　猫にだに成らず。
人あり　もし箇中の意を問わば、
これはこれ従来の　栄蔵生。〔庚押韻〕

〔訳〕　阿部氏宅で即座に詠む

少年の日に大事な父を捨てて、他国に出かけた。つらい修行を積んで先徳にせまろうとしたが、その片鱗すらもつかむことができなかった。

こうしたことの思いを、もしも問う人があれば、こう答えましょう。どのように転回したにしても、私は、元のままの栄蔵であった、と。このことが、修行することによってはっきりと知ることができたのだ、と。

四、一顆明珠・一鉢随縁　（一つぶの珠は全宇宙・一つの鉢の子が修行の縁となる）

我生何処来
去而何処之
独坐蓬窓下
兀々静尋思
尋思不知始
焉能知其終
現在亦復然
展転総是空
空中且有我
況有是与非
不知容些子
随縁且従容

我が生　何処《いずこ》より来り、
去りて　何処にかゆく。
ひとり蓬窓《ほうそう》の下《もと》に坐し、
兀々《ごつごつ》として　静かに尋思す。
尋思するも　始めを知らず、
いずくんぞ能《よ》く　その終わりを知らんや。
現在もまた　またしかり、
展転しても　すべてこれ空。
空中にこそ我あり、
いわんや是と非あらんや。
些子《さし》を容《い》るるを知らず、
縁に随いて　まさに従容《しょうよう》たり。〔支・東・冬押韻〕

〔訳〕

我が生命《いのち》は、一体どこから来て、また去って、何処へ行くのであろうか。

今、私はただひとりあばら屋の下《もと》で、静かにどっしりと坐禅に入る。

坐禅を組んでみても、人間生命の起源は分からない。だからどうしてその終焉《しゅうえん》が分かろうか。わかるはずがない。

現在に息づいている実体もまた同じく分からない。さらに過去に未来にと推し及ぼして行こうとしても、すべては空《くう》でしかないのだ。

その空の中にこそ我という実存があるのだ。ましてや分別の対象である是だの非だのが生命の中に存在するわけがない。

そこには、いささかの分別も思慮も入りこむ余地がない。私にできることはただ縁のままに逆らわずに生き、ゆったりと落ち着いていることだけである。

自参曹渓道(一)　曹渓《そうけい》の道に参じてより、
千峰独閉門　千峰に独り門を閉《と》ず。
藤纏老樹枯　藤に纏《まと》われて　老樹枯れ、
苔封幽石寒　苔は幽石を封じて寒し。
烏藤朽夜雨　烏藤　夜雨に朽ち、

袈裟老暁煙　　袈裟　暁煙《ぎょうえん》に老《ふ》りたり。
無人問消息　　人の消息を問うなし、
年々又年々　　年々　また年々。〔元・寒・先押韻〕

〔訳〕
達磨正伝の仏法に参じてから、峰の多い山に入って、きっぱりと外界と縁を切った。あたりには藤に巻きつかれて枯死寸前の老樹があり、苔がひっそりとした石を覆いかくしてひえびえとする。

外に立てかけたままの錫杖は、夜ごとの雨に朽ち、衣桁《えこう》にかけた袈裟は、朝もやに見舞われてぼろぼろとなっている。

人が私の消息を問うてくれることもなく、毎年、毎年このようにしてすごしている。

（1）広東省韶州府曹渓の宝林寺に住した六祖慧能禅師が、達磨大師より正伝されてきた仏法のこと。洞山良价とその弟子曹山本寂の名を倒置した。曹洞宗の別名は枯木衆ともいう。

玩珠吟（玩珠吟）

休問崑崙（1）兼合浦（2）　問うを休《や》めよ　崑崙《こんろん》と合浦《がっぽ》とを、
明珠元在吾方寸　　明珠《みょうじゅ》は　もと吾が方寸にあり。

光蔽日月超方隅
彩射眼睛難正視
失之永劫淪苦海
得之登時遊彼岸
我今慇懃呈示也
不奈諸人不敢薦

光りは日月を蔽《おお》うて　方隅《ぐう》を超《こ》え、
彩《いろどり》は眼睛《がんぜい》を射て　正視しがたし。
これを失えば　永劫《えいごう》　苦海に淪《しず》み、
これを得れば　登時　彼岸に遊ぶ。
我　今　慇懃《いんぎん》に　呈示するも、
いかんともせず　諸人の　敢《あ》えては薦《と》らざるを。〔無押韻〕

〔訳〕　珍しい珠を吟ずる

評判の明珠は、崑崙《こんろん》産か合浦《がっぽ》産か、などと尋ねる愚はやめてほしい（もっとすぐれた珠の出るところが外にあるではないか）。明珠はもともと私たちの胸の中にある。

その放つ光芒の輝きは、日や月の光よりも強く、広く宇宙のすみずみにまで行き渡り、しかもその光彩は、人の瞳《ひとみ》を射て正視しがたいほどである。

この珠を失えば、未来永劫にわたって迷いの境界《きょうがい》にしずみこみ、これを得れば、たちまち悟りの境界に自適することができる。

私は今、この珠の所在や機能《はたらき》を心をこめて説き明かそうとするが、各々《おのおの》がたは進んでは聞こうとしないから、どうしようもない。

（1）（2）　中国の名玉の産地。

予雲遊二十年某日月発玉島帰郷至伊東意駕波[1]体中不預寓居客舎于時夜雨蕭々

（予《われ》雲遊すること二十年。某日月　玉島を発《た》ち、郷に帰り　伊東意駕波《いといがわ》に至り、体中不預。客舎に寓居《ぐうきょ》す。時に夜雨蕭々たり）

一衲一鉢纔随身
強佐病身坐焚香
蕭々夜雨幽窓下
与誰共語此時情

一衲一鉢　わずかに身に随う、
強《し》いて病身を佐《たす》けて　坐して香を焚《た》く。
蕭々《しょうしょう》たる夜雨　幽窓《ゆうそう》の下《もと》、
誰《た》れとともにか　この時の情を語らん。〔陽・庚押韻〕

〔訳〕私は二十年間雲水行脚の旅に明け暮れした。某月某日　玉島の円通寺を出発し、郷《ふるさと》の糸魚川着いたところで、体調をくずし、宿屋《はたご》に仮住いすることになった。その夜は、雨がさびさびと降っていた。

ぼろ衣と鉢の子だけが僅《わず》かに我が身に随ってくれた頼みのたからだ。二十年の旅路の帰途ここで病気になり、いたづきの身を無理に起こし坐って香をたく。

今宵しとしとと降る雨音を静かな部屋できく。雨音を通して長い長い行雲流水の情景が想い出されてきたが、当時の千万無量の情を、共感をもって語りうるような人は誰もいない。

（1）越後の糸魚川市。清国への密航四年間の修行を終えて帰国途上の詩と推測される。

重遊善光寺　（重ねて善光寺に遊ぶ）

曾随先師(1)遊此地
回首悠々二十年
挟道青松遶檻山
風光無処不傷神

曾《かつ》て先師に随いて　この地に遊ぶ、
首《こうべ》を回《めぐ》らせば悠々たり　二十年。
道を挟《さしはさ》む青松は　檻山《かんざん》を遶《めぐ》らし、
風光　処として神《じん》を傷《いた》まざらしむことなし。〔先・真押韻〕

〔訳〕　再び善光寺に参る

昔、亡き本師に随ってこの地を訪れたことがある。想いかえせば、遙か二十年も前のことになる。参道をさしはさむ青松は、まわりの山なみをめぐり、昔とかわらずに映えている。そんな風光の何もかもが懐旧の種ならざるはなく、私の心を疼《うず》かせてやまない。

（1）亡くなった本師、円通寺の国仙和尚のこと。

夢中問答　（夢中の問答）

乞食入市鄽
道逢旧識翁

食《じき》を乞《こ》うて　市鄽《してん》に入り、
道に旧識の翁に逢う。

問我師胡為　我に問う　師なんすれぞ、
住彼白雲峰　彼の白雲の峰に住むやと。
我道子胡為　我道《い》う　子《し》なんすれぞ、
占此紅塵中　この紅塵の中に占むるやと。
欲答両不道　答えんと欲すれど　両《ふたり》ながら道《い》えず、
夢破五更鐘　夢は破らる　五更の鐘に。〔東・冬押韻〕

〔訳〕　夢の中での問答
托鉢《たくはつ》をして街中《まちなか》に入り、途中で顔見しりの老人に出逢った。するとと翁は私に、あなたはどうしてあのように白雲のたゆとう峰の中、つまり世外に住んでいなさるのかと問うのであった。
今度は私が、あなたこそ、どうしてこんな紅塵の舞う俗世の真只中に、おいでなさるのかと尋ねてみた。
二人とも答えようとは思うけれども、ともに、よくいえないでいるうちに、五更を告げる暁の鐘で問答の夢が破られた。

昨日異今日　昨日は　今日と異なり、
今晨非来晨　今晨は　来晨にあらず。
心随前縁移　心は　前縁に随いて移り、

縁与物共新　縁は　物とともに新たなり。
知過則速改　過《あやまち》を知らば　則ち速やかに改めよ、
執則是非真　執《しゅう》すれば則ち　是《ぜ》も真にあらず。
誰能守枯株　誰か能《よ》く　枯株を守り、
直待為霜鬢(1)　ただに　霜鬢と為るを待たんや。〔真・去声震押韻〕

〔訳〕

昨日は今日と異なり、けさは今朝で、あすの朝ではない。

人の心は現前する縁(環境)につれて刻々と移り変わり、その縁はまた外界の現象とともに絶えず新しくなってゆく。

過《あやまち》を犯したと知ったならば、直ちにこれを改めよ。たとえ正しいことでも執着すれば、もはや真実とはいえなくなる。

誰だって旧態ばかりを固守し、ただ鬢《びん》の白くなるのを待つものがおろうか(おるまい)。

(1) 結句の韻字は、解良家の自筆に見るように鬢でなければならない。

問古々已過　古を問えば　古すでに過ぐ、
思今々亦然　今を思えば　今もまたしかり。
展転無蹤跡　展転して　蹤跡《しょうせき》なし、

誰愚又誰賢　誰か愚　また誰か賢なる。
随縁消時日　縁に随いて　時日を消《すご》し、
保己待終焉　己を保ちて　終焉を待つ。
飄我来此地　飄として　我　この地にきたるに、
回首二十年　首《こうべ》を回《めぐ》らさば　二十年。〔先押韻〕

〔訳〕

いにしえを尋ねても、いにしえは過ぎ去ってすでにない。現在すなわち「今」だって同じこと、刻々と過ぎて消え去るものである。

そのように次から次へと移りめぐって、何もかも実相のあとかたをとどめない。したがって誰が愚かで誰が賢いかと論ずる余地すらどこにもない。

ただ縁に随って歳月をすごし、本来の自己(不生不滅《ふしょうふめつ》)を保って寿命(有限の生命現象)の終末を待つだけである。

想えば、縁のなせるままにぶらりとこの地に来てから、もはや二十年も経《た》ってしまった。

玩珠吟　(玩珠吟)

也太奇兮也太奇　また太《はなは》だ奇なり　また太だ奇なり、
古兮今兮作者稀　古や今や　作者稀《まれ》なり。

誰道和氏(1)拾崑岡
欲笑相如(2)漫指疵
従来不仮琢磨功
容易認得親施為
雖然照幽冥無遺
更無蹤跡可尋思

誰か道《い》う　和氏《かし》　崑岡に拾いしと、
笑わんと欲す　相如《しょうじょ》　みだりに疵《きず》を指させしを。
従来仮らず　琢磨《たくま》の功を、
容易に認め得るは　親しきが施為《せい》なり。
然《しか》く　幽冥を照らして遺《のこ》さずといえども、
さらに　蹤跡《しょうせき》の　尋思すべきなし。〔微・支押韻〕

〔訳〕珍しい珠について吟じる

なんとまた素晴らしいことよ。この珠はいうところの無情説法をする玉でその機能《はたらき》は、大そう素晴らしく限りない。古から今にいたるまで、こんなにすごい珠を作る人は滅多に出ない。

この珠は、和氏《かし》が崑岡で拾ったものではないか、と人はいうが、とんでもない。また藺相如《りんしょうじょ》が、この璧《たま》に疵《きず》があるといって秦王をいつわり、取り返した話などは笑止の至りだ(璧《たま》の奪回に、命をかけるなんて)。

さてこの明珠は、もともと光っているので切磋琢磨する必要がない。したがって、この珠の光りは、誰でも容易《かんたん》に見ることができる。というのも、この珠はあらゆるものに親しく同化しているからである。

このようにこの珠は、この世からあの世まで、隈《くま》なく照らして、照らさないところはないけれども、珠の出現した跡方は、文字や言葉だけの詮索では尋ねようがない。

(1) 戦国時代中国の卞和《べんか》氏、璞《あらたま》を崑崙山で得て楚の厲王《れいおう》に献じた。左足を切られ、武王に献じたところ右足、文王に献じて始めて玉なることが分かる。

（2） 藺相如《りんしょうじょ》。戦国時代の人。趙の恵文王に仕え、和氏の璧《たま》を持って使いし、十五城と交換することに成功し、使命を果たして楚に帰る。

信宿（信宿）

凄々秋風裡
信宿白衣家
一衲与一鉢
蕭灑此生涯

凄々《せいせい》たり　秋風の裡《うち》、
信宿す　白衣《びゃくえ》の家。
一衲と一鉢と、
蕭灑《しょうしゃ》　これ生涯。〔六麻、九佳〕

〔訳〕　二泊する

秋風が、さむざむと身にしみる頃、二晩も在家泊りをしてしまった。

雲水の身上は、肩の袈裟と一つの鉢だけ。極めてさっぱりとしたもの。これで生涯をすごすのだ。

托鉢（托鉢）

八月初一日
持鉢下翠巒

八月初一日、
鉢を持ちて　翠巒《すいらん》を下る。

白雲従高歩
秋風揺六環
千門万戸開平旦
修竹芭蕉入画看
次第乞食西又東
酒市魚行什麼論
直視豈惟蒼海乾
緩歩須知太山摧
金色頭陀(1)曾消息
浄飯王子(2)親受伝
親授伝自爾以降
二千七百有余年
我兮亦是釈氏子
一衣一鉢迴灑然
君不見浄名老人(3)
曾有道
於食等者法亦然(4)

白雲　高歩に従い、
秋風　六環を揺《うご》かす。
千門万戸　平旦《へいたん》に開き、
修竹《しゅうちく》芭蕉《ばしょう》　画看に入る。
次第に食《じき》を乞《こ》う　西また東、
酒市魚行　なんぞ論ぜん。
直視すれば　あにただに　蒼海も乾くのみならんや、
緩歩せば　すべからく太山も摧《くず》るるを知るべし。
金色頭陀《こんじきずだ》　曾《かつ》ての消息、
浄飯《じょうぼん》王子に　親しく伝えを受く。
親しく授伝すること　それより以降、
二千七百有余年。
我もまた　これ　釈氏の子、
一衣一鉢　迥《はる》かに灑然《さいぜん》たり。
君見ずや　浄名《じょうみょう》老人、
曾て道《ことば》ありしことを、
食《じき》において等しき者は　法もまた然なり。

直下恁麽証取去　直下《じきげ》に　恁麽《いかよう》に証取しさるも、
何必兀々到驢年(5)　何《なん》ぞ必ずしも兀々《ごつごつ》として　驢年《ろねん》に到らん。〔寒・刪・先押韻〕

〔訳〕　托鉢

八月朔日《ついたち》。托鉢に、国上山を下《お》りてゆく。

白雲は軽やかな私の足どりの後を追い、秋風は錫杖《しゃくじょう》の(六つの)環《わ》に当たってチャリンチャリン。

どの家々も、早朝《つと》に門をあけており、門内の真竹や芭蕉も、額ぶちの画をみるようで美しい。

順次、托鉢をして西へ東へと行く。酒屋も魚屋も分け隔てしない。

托鉢僧が、じっと視つめれば、あの蒼海ですらみるみるうちに乾上《ひあ》がってしまうばかりか、ゆっくりと一歩一歩踏んで行けば、泰山ですら崩《くず》れはてることを知るべきである。

このような托鉢の功徳《くどく》は、曾て摩訶《まか》迦葉《かしょう》が、釈尊より親しく授け伝えられた消息に基づき、以来二千七百余年になる。

私もまた歴《れっき》とした釈尊のお弟子である。持ち物といえば、僅《わず》かに衣《けさ》と鉢の子だけでさっぱりしたもの。

あなたがたはご存知であろうか、その昔、維摩居士《ゆいまこじ》が仰しゃったことを。つまり施し、施されて同じ食をとる者は、法においても同等である、と。

このお言葉が、ただちに分かる人はいても、はたして兀々《ごつごつ》と坐禅をして不生不滅《さとり》の世界に到達しようとするものが幾人《いくにん》おろうか、誰もおるまい。

(1)　金色頭陀摩訶迦葉尊者のこと。

（2）釈尊のこと。
（3）維摩詰《ゆいまきつ》のこと。
（4）『維摩経』香積品に見える。
（5）十干十二支のなかに驢《うさぎうま》の年はない。よって断じてないことにたとえていう。

秋夜宿香聚閣早倚檻眺（1）（秋夜香聚閣《こうじゅかく》に宿《とま》り　早《つと》に檻《てすり》に倚《よ》りて眺む）

日夕投精舎
盥漱拝青蓮
一灯照幽室
万象倶寂然
鐘声後五更
梵音動林泉
東方漸已白
泬寥雨後天
涼秋八九月
爽気磨山川

日夕に　精舎《しょうじゃ》に投《い》り、
盥漱《かんそう》して　青蓮を拝す。
一灯　幽室を照らし、
万象　ともに寂然《せきぜん》たり。
鐘声　五更を後とし
梵音　林音を動かす。
東方　ようやくすでに白み、
泬《けつ》　寥《りょう》たり　雨後の天。
涼秋　八九月、
爽気《そうけ》　山川を磨《ま》す。

宿霧凝陰壑
朝日登層巒
宝塔虚空生
金閣樹杪懸
絶巘灑飛流
積波接遙天
杳々問津客
汎々競渡船
洲渚何微茫
杉檜翠可餐
伊昔貴遐異
足跡殆将遍
如今来此地
佳妙真難宣
孰取香聚界(2)
置之予目前
俯仰一世表

宿霧　陰壑《いんがく》に凝《こ》り、
朝日　層巒《そうらん》に登る。
宝塔　虚空《こくう》に生じ、
金閣　樹杪に懸《かか》る。
絶巘《ぜっけん》に　飛流を灑《そそ》がしめ、
積波　遙天《ようてん》に接す。
杳々《ようよう》たり　津を問うの客、
汎々《はんはん》たり　渡《わたし》を競うの船。
洲渚《しょ》　何《なん》ぞ微茫たる、
杉檜《さんかい》の翠《みどり》　餐《くら》うべし。
これむかし　遐異《かい》を貴《たっと》び、
足跡　殆ど遍《あまね》からんとす。
如今　この地に来る、
佳妙　真《まこと》に宣《の》べ難し。
たれか　香聚界《こうじゅかい》を取りて、
これを　予が目前に置ける。
俯仰す　一世の表《ほか》、

孤詠聊成篇
帰期無奈何
長途忽関心
人間有虧盈
再来定何年
欲去且彷徨
卓錫思茫然

孤詠して　いささか篇を成す。
帰期　奈何《いかん》ともするなく、
長途　たちまち心ふさがる。
人間《じんかん》　虧盈《きえい》あり、
再来　いづれの年と定めん。
去らんと欲すれど　且つは彷徨《ほうこう》し、
錫《しゃく》を卓《た》てて　思い茫然《ぼうぜん》たり。〔一先押韻〕

〔訳〕　秋の夜、香聚閣《こうじゅかく》に宿《とま》ることにし、早々に欄干の手すりに倚《よ》りかかって、あたりを眺める
日暮れに、香聚閣に拝登し、身を浄めて本尊を拝したてまつる。

さ夜ふけて灯火が暗いお堂にゆらめき、ものみな共に静まり返っている。

五更(今の午後四時頃)を告げる鐘の音が鳴り終わると、晩課が始まり、読経の声が山内の林泉にこだまする。

東雲《しののめ》の天《あま》つみ空が漸《ようや》く白んでくると、からりとした雨後の秋空の清々《すがすが》しさが身にしみる。

涼やかな秋八、九月、爽やかな空気が山川を美しく磨《みが》くかのよう。

夜来の霧は暗い谷間にたゆたい、朝日が重畳《ちょうじょう》たる山なみからのぼり始める。

すると高い仏塔が空に現れ、立派な伽藍が樹々の梢《こずえ》の間に見えてくる。

切りたった山に滝をおとし、寄せる白波は遙か天に連なってみえる。

渡し場を探す人影がぼんやりと見え、渡しを競う船が広い水面を行き来している。

浜の渚は、なんと遙かにかすんでみえることよ。近くの杉や檜《ひのき》の緑の美しさは、口に入れて食べたくなるほどである。

その昔、私は仏法を慕って、津々浦々《つつうらうら》を遍参した。

そして、いまこの地を訪れてみれば、その風光の絶佳なること、ほんとうに筆舌につくしがたい。

いったい誰が、あの香聚界を持ってきて、私の目の前に置いてくれたのであろうか。

この世のものとは思えないこの場所を俯仰し、一人詠《くちずさ》み、少々形を整え詩と成《な》した。

帰る期日はいかんともなしがたく、去りがたい。しかも長い帰り途《みち》のことを思えば、心がふさがる。

人の住む世間では、うまく事の運ぶ時もあれば、そうでないこともあるものだ。だから、再びこの地にいつ訪ねて来られるかわからない。

立ち去ろうと思いながら往きつ戻りつし、ついに錫杖《しゃくじょう》を立てっ放し。しばし茫然自失の為体《ていたらく》。

(1) 自筆稿に「也奈伊津乃香聚閣」。福島県柳津町、臨済宗円蔵寺境内に虚空蔵菩薩を祀る香聚閣のこと。良寛は文化十二年頃東北行脚の際訪ねたところ。

(2) 仏典に説く香積如来の住む理想境。香積《こうしゃく》国。

時登大悲閣　　時に　大悲閣に登り、
極目望雲煙　　目《まなこ》を極めて　雲煙を望《のぞ》む。
松柏千齢外　　松柏　千齢の外、

清風万古伝　　清風　万古より伝わる。
四序鳥相和　　四序　鳥《とり》相《あ》い和し、
冷泉長潺湲　　冷泉　長《つね》に潺湲《せんえん》たり。
誰能出塵累　　誰か能《よ》く　塵累を出《い》でて、
逍遙碧山巓　　碧山の巓《いただき》を逍遙せん。〔先押韻〕

〔訳〕

時どき国上寺の大悲閣にのぼり、目のとどくかぎり大空の彼方の雲や煙《かすみ》を眺めやる。

樹齢千年を経た松や柏の木々に、清風が大昔からの響きを伝えている。

四季に応じてそれぞれ美しい鳥の声も聞かれ、冷たい湧き水(雷井戸)は、いつもさらさらと流れ出ている。

誰が一体、このように世俗のわずらいからのがれ出て、緑の山頂をゆったりと歩くことができようか。

両三年前別我去　　両三年前　別れて我れ去り、
今日再来乙子社　　今日再び来る　乙子《おとご》の社《やしろ》。
料知遍参無別事　　料《はか》り知りぬ　遍参《へんざん》　別事なく、
眼根依旧双眉下　　眼根　旧に依って　双眉《そうび》の下《もと》にあり。〔上声馬押韻〕

〔訳〕
二、三年前にここを発《た》って諸方の善智識に道を求めてゆき、今日ふたたび乙子の宮に戻ってきた。

つくづくと分かったことだが、遍参が終わってみてもとりたてて前と変わったこともなく、依然としてあたかも眼玉は両眉の下にあるようなものであった。

富貴非我事　　富貴《ふうき》は　我が事にあらず、
神仙不可期　　神仙も　期すべからず。
満腹志願足　　腹を満《みた》せば　志願足る、
虚名用何為　　虚名　用《も》って何為《なにす》るものぞ。
一鉢到処携　　一鉢　到る処に携え、
布嚢也相宜　　布嚢《ふのう》　また相い宜《よろ》し。
時来寺門傍　　時に来る　寺門の　傍《かたわら》、
会与児童期　　かならず児童と期す。
生涯何所似　　生涯　何《なん》の似たるところぞ、
騰々且過時　　騰々　且つ時を過すのみ。〔支押韻〕

〔訳〕
富貴の沙汰は、私には縁のないことだ。また不老不死の神や仙人になるなどということも考えてはならないことだ。
私の望みごとは、お腹《なか》をみたすことだけで充分である。むなしい名などをえたとしても、それが一体何んの役に立つというのか。

私が一番大事にしているものは、一つの鉢で、これは到るところに携えてゆくが、頭陀袋もまた私にはなくてはならない大事なものだ。

時には寺の門のそばまで出かけて行くが、そんな時は必ず子供たちと約束しているのだ。

いったいこんな私の生涯というものは、何かに似ているものであろうか。ただ元気よくその日その日をすごしてゆくだけである。

行々投田舎
正是桑楡時
鳥雀聚竹林
啾々相率飛
老農言帰来
見我如旧知
喚婦漉濁酒
摘蔬以供之
相対云更酌
談笑一何奇

行き行いて　田舎に投《い》る、
まさにこれ　桑楡《そうゆ》の時。
鳥雀　竹林に聚《あつ》まり、
啾《しゅうしゅう》々として　相い率《より》て飛ぶ。
老農　ここに帰り来り、
我を見ること　旧知のごとし。
婦《つま》を喚《よ》んで　濁酒を漉《こ》し、
蔬《そ》を摘み　もってこれを供《そな》う。
相い対して　ここにさらに酌む、
談笑　一に何《なん》ぞ奇なる。

陶然共一酔　　陶然として　共に一酔し、
不知是与非　　知らず　是か非かを。〔支・微押韻〕

〔訳〕

ずんずん歩いて行き田舎家《いなかや》に入る。折しも宵やみせまるたそがれ時。

雀らはねぐらの竹藪にあつまり、チュンチュンと群がり飛び交っている。

やがて老いた農夫が野良からもどり、私を旧知の間柄のような目で見る。

そして大きな声で婦《つま》を喚《よ》んで濁酒を漉《こ》させ、畠の蔬菜を摘んできて食膳に供して下さる。

さて、さし向かってさしつさされつ、互いに酌み交わす夕べの盃。談笑しつつ、なんと珍《めずら》かな快《こころよ》さよ。

うっとりと二人ともにほろ酔い気分、そしてやれ是だの非だのという世間様の屁理窟《へりくつ》などは、さらりと忘れておることよ。

昨日之所是　　昨日　是とせしところ、
今日亦復非　　今日　またまた非なり。
今日之所是　　今日　是とするところ、
焉知非昨非　　いずくんぞ昨非に非ざるを知らん。
是非無定端　　是非は　定端なく、
得失預難期　　得失は　あらかじめ期しがたし。

愚者膠其柱　　愚者は　その柱に膠《にかわ》し、
何之不参差　　いずくにか　ゆくとして参差《しんし》たらざらん。
有智達其源　　有智は　その源に達し、
従容且過時　　従容として　しばらく時を過す。
智愚両不取　　智愚　ふたつながら取らずして、
始称有道児　　始めて有道の児と称すべし。（微・支押韻）

〔訳〕

昨日正しいと認めたものが、今日は元へ戻り非とされる。

今日正しいとされたところのものが、なんと昨日は非と思われていたかもしれない。

このように是とか非とかいっても、固定したものではなく、したがって損得もあらかじめ期待し難いものである。

愚者は、動かない柱をさらに膠《にかわ》でくっつけるかのように、物事を固定的にとらえ、柔軟性を欠くので、どこへ往っても、喰いちがいばかり来たすことになる。

知恵ある者は、事の根源を突きとめながらも、落ちついてしばらく様子を見ていて実行に時を失する。

智者愚者、いずれのあり方もとらない者にして始めて道を体得した人といえよう。

日々日々又日々　　日々日々　また日々、

間伴児童送此身
袖裏毬子両三箇
無能飽酔太平春

のどかに児童を伴《ともな》って此の身を送る。
袖裏の毬子《きゅうす》　両三箇、
無能にして飽酔《ほうすい》す　太平の春を。（真押韻）

〔訳〕
くる日もくる日も、のんびりと子供らを連れて、日を送っている。袂《たもと》の中にいつも毬《まり》を二、三個入れ、こんな能なし者でも、太平の春に、充分すぎるほど酔いしれている。

少小抛筆硯
窃慕出世人
一瓶与一鉢
遊方凡幾春
帰来絶巘下
静卜草堂貧
聴鳥充絃歌
瞻雲作比隣
崖下有清泉
可以濯衣巾

少小にして　筆硯を抛《なげう》ち、
ひそかに出世の人を慕《した》う。
一瓶と一鉢と、
遊方　すべて幾春ぞ。
帰り来る　絶巘《ぜっけん》の下《もと》、
静かに卜《ぼく》す　草堂の貧。
鳥を聴いて　絃歌に充《あ》て、
雲を瞻《み》て　比隣と作《な》す。
崖下に　清泉あり、
もって衣巾を濯《すす》ぐべし。

嶺上有松柏　　嶺上に　松柏あり、
可以給采薪　　もって采薪を給すべし。
優遊又優遊　　優遊　また優遊、
薄言永今晨　　いささかここに　今晨《こんしん》を永くせん。（真押韻）

〔訳〕

若くして筆のすさびに親しむ道を思い諦《あきら》め、ひそかに出家の身を慕った。

幸い僧となり、一瓶と一鉢とを携え、諸方の行脚《あんぎゃ》生活に総《すべ》て幾年を過したことであろうか。

帰ってきた険しい山の下で、静かに考え、そまつな草庵の貧しい暮らしをえらんだ。

野鳥の囀《さえず》りを琴の調べと聞き、雲の去来を向こう三軒両隣りとみなしている。

崖の下には、綺麗な泉があり。そこでは衣類の洗い濯《すす》ぎをすればよい。

峰の頂には、松柏が生え、そこで薪《たきぎ》を拾えばよい。

実にのんびりとできる。些《いささか》ここでこうして詩を詠んでいる今朝のような日を永《なが》く過ごしたいものだ。

青陽二月初　　青陽　二月の初め、
物色稍新鮮　　物色　やや新鮮。
此時持鉢盂　　この時　鉢盂《ほう》を持ち、
騰々入市鄽　　騰《とう》々として　市鄽《してん》に入る。

児童忽見我
欣然相将来
要我寺門前
携我歩遅々
放盂白石上
掛嚢青松枝
于此闘百草
于此打毬子
我打渠且歌
我歌渠打之
打去又打来
不知時節移
行人顧我問
曷由其若斯
低首不応之
道得亦何似
要知箇中意

児童　たちまち我を見、
欣然として　相い将《つれ》て来る。
我を要《ま》つ　寺門の前、
我を携《つ》れて　歩むこと遅々たり。
盂《はつ》を白石の上に放《お》き、
嚢《ふくろ》を青松の枝に掛《か》く。
ここにて　百草を闘《たたか》わし、
ここにて　毬子《まり》を打《つ》く。
我打けば　渠《か》れかつ歌い、
我歌えば　渠れこれを打く。
打き去り　また　打き来りて、
時節の移るを知らず。
行人　我を顧みて問う、
なにに由ってか　それかくのごときと。
首《こうべ》を低《た》れて　これに応《こた》えず、
道得《ことば》も　またいかに似《しめ》さんや。
箇中の意を知らんと要《ほっ》せば、

元来祇這是　元来　ただこれ是《こ》れのみ。（先・支・上声紙押韻）

〔訳〕

陽春二月《きさらぎ》の声をきくと、今までの白一色の雪景色から少しずつ芽吹きの色も見えはじめて新鮮。

こうなると鉢の子をもって、心いそいそと街場《まちば》に出かけてゆく。

すると子供らが、たちまち私を見つけ、声呼び交わして寄ってくる。

私を寺の門前で待ちうけ、私の手をひき、ぶらさがるので歩こうにも歩けない。

そこで私は、鉢の子を白い石の上におき、頭陀袋《ずだぶくろ》を青松の枝にかける。

ここで子らと草《くさ》相撲を戦《や》ったり、毬《まり》つきをして遊ぶ。

私がつけば、子供らが歌い、私が歌えば、彼等が毬をつく。

くりかえし毬つきをしていると、時のたつのも忘れてしまう。

道行く人が、私をふりかえり、尋ねていう。どういうわけでそんなことをしていなさるのか、と。

私は頭を垂れるだけで、これに答えようとしない。言葉では私の真意をとうてい説き明かすことはできない。

胸中のこの真意を、知りたければ、私がこうしてテンテンテンと毬をついて楽しんでいる形振《なりふ》りをよく御覧なさい。

我従住此中　我　此の中に住してより、

不知幾箇時　知らず　幾箇の時なるかを。
困来伸足睡　つかれ来れば　足を伸ばして睡《ねむ》り、
健則著履之　健《すこ》やかなればすなわち　履を著《は》いてゆく。
従他世人讃　さもあらばあれ　世人の　讃《ほめごと》
任爾世人嗤　さもあらばあれ　世人の　嗤《わらい》。
父母所生身　父母　所生《しょしょう》の身、
随縁須自怡　縁に随いて　すべからくみずから怡《よろこ》ぶべし。（支押韻）

〔訳〕

私がこの庵に住みついてから、もうなん年たったろうか、わすれてしまった。

疲れれば足を伸ばしてねむり、元気であれば履物《はきもの》をはいて出かけてゆく。

世間の人々が、私のことをほめようとあざ嗤《わら》おうとままよ。

父母から授かったこの身。縁にしたがい、分に応じて身のほどをわきまえ、心から楽しくすごしてゆこうと思う。

五、時空観照・芸林閑語（うつし世をさらりと見とどける・たくみの世界に耳を澄ませる）

静夜草庵裏
独奏没絃琴
調入風雲絶
声和流水深
洋々盈幽谷
颯々度山林
自非耳聾漢
誰聞希声音

静夜　草庵の裏《うち》、
独奏す　没絃琴《もつげんきん》。
調《しらべ》は　風雲に入りて絶え、
声は　流水に和して深し。
洋々として　幽谷に盈《み》ち、
颯々《さつさつ》として　山林を度《わた》る。
耳聾漢《じろうかん》にあらざるよりは、
誰か聞かん　希声の音《ひびき》を。〔侵押韻〕

〔訳〕

静か夜に、草庵のうちに在《あ》って、ひとり無絃の琴を弾《ひ》いてみる。

その調べは大空の風や雲にとどいては消え、その音色《ねいろ》は、せせらぎのひびきに和して趣《おもむき》が深い。

そのひびきは、ときには谷間にみちみちてゆき、またときには、さーっと山林に吹きわたっていく。

耳が達者であっても、いったいだれがこのたぐいまれな韻《ひびき》を聴くことが出来ようか。

花無心招蝶
蝶無心尋花
花開時蝶来
蝶来時花開
吾亦不知人
人亦不知吾
不知従帝則(1)

花は無心にして　蝶を招き、
蝶は無心にして　花を尋ぬ。
花開く時　蝶来り、
蝶来る時　花開く。
吾もまた　人を知らず、
人もまた　吾を知らず。
知らず　帝の則《のり》に従う。〔無押韻〕

〔訳〕

花は、無心のうちに蝶を招きよせ、蝶もまた無心のうちに花の所にやってくる。花が咲くときには蝶がやって来るし、蝶が来るころには花が咲くだけのこと。同じように私も人がどこから来たのか知らないし、人も私がどこから来たのか知らない。知らないけれども、ただ天帝が司宰《つかさど》るという天地自然の理法《ことわり》に則《のっと》って生きながらえているばかりである。

(1)　中国古代の聖天子帝堯の時の童謡に「我が烝民《じょうみん》を立つるは、你《なんじ》の極にあらざるはなし。識らず知らず、帝の則《のり》に従う」とある。天帝の理法。

毬子（毬子）

袖裏毬子直千金　　袖裏《しゅうり》の毬子《まり》　直《あたい》　千金、
謂言好手無等匹　　おもうに　好手にして等匹《たぐい》なしと。
箇裏意旨若相問　　このうちの意旨　もし相《あ》い問わば、
一二三四五六七（1）　　一二三四五六七《ひいふうみよいつむなな》。〔質押韻〕

〔訳〕　毬子《まり》

私の袂《たもと》の中にある手まりは、千金にも値する貴重なもの。毬つきで、私ほどに腕前のあるものは、他にはおるまいと思う。

もし不審を抱く者がおるならば、お答えしよう。それは、一二三四五六七《ひいふうみよいつむなな》といって数を数えながら繰り返しついてみればわかること（そのほかに深い仔細はない）。

（1）『碧巌録』第四十七則「雲門六不収」の頌に「一二三四五六」とある。

我有一張琴　　我に一張の琴あり、
非梧亦非桐　　梧にあらず　また桐にもあらず。
五音（1）詎能該　　五音《いん》　なんぞ能《よ》く該《か》ねん、

六律(2)調不同
静夜高堂上
朱糸操松風
氤氳青陽暁
声徹天帝聴
天帝大驚異
欲知声所従
伊時二三月
気候稍和中
風伯掃道路
雨師厳林叢
采月暈為繖
佩彩虹作弓
雲旆兮霞纓
逸其御六竜(3)
十洲(4)坐超忽
五天(5)望裡空

六律《りくりつ》　調　同じからず。
静夜　高堂の上《ほとり》、
朱糸　松風を操《あやつ》る。
氤氳《いんうん》たる　青陽の暁《あかつき》、
声　天帝の聴に徹す。
天帝　大いに驚異し、
声の従《よ》るところを知らんと欲す。
これとき　二三月、
気候　やや和中。
風伯　道路を掃《はら》い、
雨師　林叢を厳《きよ》む。
月暈《げつうん》を采《と》りて　繖《きぬがさ》となし、
彩虹を佩《お》びて　弓となす。
雲の旆《はた》　霞の纓《ひも》、
逸《はや》りて　それ　六竜《りくりょう》を御《ぎょ》す。
十洲　そぞろに超忽《ちょうこつ》、
五天　望裡《ぼうり》に空し。

弥行則弥遐　いよいよ行けば　いよいよ遐《とお》く、
在西倏自東　西にあるかとすれば　たちまち東よりす。
神亦為之疲　神《しん》もまた　これがために疲れ、
心亦為之窮　心もまた　これがために窮す。
逡巡相顧云　逡巡《しゅんじゅん》して　相い顧みていう、
帰与吾旧邦　帰らんかな　吾が旧邦へと。〔東・青・冬・江押韻〕

〔訳〕

私に一張の琴がある。それは青桐でもなく、また桐でもない代物《しろもの》だ。

しかしこの五つの音色をよく奏でることができ、六律《りくりつ》の調べは変幻《へんげん》極まりない。

静か夜に、高殿《どの》で奏でると、朱い糸から松風の音のようなひびきが流れてくるであろう。

また万物の気がきざす春の曙に琴をひけば、その音が天帝のお耳に達することとなろう。

天帝は大いに驚かれ、音の出所を知ろうと思《おぼ》し召されるに違いない。

時あたかも春たけなわの二、三月。気候は、ややおだやか。

風は、道路を掃《はら》いきよめ、雨は、林叢《しげみ》を粛厳《しっとり》とさせる。

天帝は、月の暈《かさ》をとって絹傘となし、虹をかけて弓となされる。

そして、雲の裳《も》すそを引き霞の冠の紐《ひも》を結んで身づくろいをなさり、六頭立ての馬車を走らせる。

仙人の住むという十洲も坐《い》ながらにして飛びこえ、たちまち遠くなり、五方の天もみるみるうちに後へと過ぎ去る。

琴の音は行けば行くほどいよいよ遠くなり、西から聞こえるかと思えば、たちまち東から聞こえてくるというありさま。

こんなわけで天帝のお精神《こころ》も疲れ果て、ゆきづまる。

そして、行手をためらいつつ、お互いに顔を見合わせて言う。吾らのもとの邦《くに》へ帰るとしようか、と。

(1) 宮、商、角、徵《ち》、羽の五つの音律。

(2) 十二律のうち陽に属する六つの音。黄鐘《おうじき》、太簇《たいそう》、姑洗《こせん》、蕤賓《ずいひん》、夷則《いそく》、無射《ぶえき》の称。

(3) 天子の御車につく六頭の馬。竜は駿馬のこと。

(4) 仙人の住むという十の島。

(5) 昔、天竺を東、西、南、北、中央の五つに分けた。

霏々連夜雨
桃李舒其紅
幽蘭秀階除
芳香襲簾上
此夕兮何夕
戚々苦無従

霏々《ひひ》たり　連夜の雨、
桃李　その紅《くれない》を舒《の》ぶ。
幽蘭　階除《かいじょ》に秀《ひい》で、
芳香　簾《れん》上を襲う。
この夕　何《なん》の夕ぞ、
戚々《せきせき》として　はなはだ無従《むしょう》。

移吾堂上琴
絃歌聊写衷
上絃弾別鶴
下絃操松風
五音和且清
中曲迴不同
入雲遙空散
随風万方充
氤氳青陽曙
響徹天帝宮
天帝大驚動
伝詔相推攻
吾朝昔未聴
音響一何工
誰人為此曲
借問何邦従
吾厳我有衆

吾が堂上の琴を移し、
絃歌して　いささか衷《こころ》を写す。
上絃は　別鶴を弾じ、
下絃は　松風を操《あやつ》る。
五音《いん》　和して且《か》つ清く、
中曲　迴《はる》かにして同じからず。
雲に入りて　遙空に散じ、
風に随うて　万方に充《み》つ。
氤氳《いんうん》たり　青陽の　曙《あけぼの》、
響は徹《とお》る　天帝の宮に。
天帝　大いに驚動し、
詔《みことのり》を伝えて　相い推攻す。
吾が朝　昔より未だ聴かず、
音響《いんきょう》　一《すべ》て何ぞ工《たくみ》なる。
誰《た》れ人《びと》か　この曲を為《つく》れる、
借問《しゃもん》す　何《いず》れの邦よりせる。
吾　我が有衆に厳《い》い、

尋声欲極蹤
薄言択吉晨
時候得和中
望舒警其始
豊隆備于終
左帯繁霜剣
右攬彩虹弓
雲旆兮霞纓
婉其駕六龍
朝発咸池陽
夕息若木叢
瑤台何偃蹇
閬風沖蒼穹
倏忽競電光
飄颻徐升降
律呂随風変
低昂良不窮

声を尋ね　蹤《あと》を極めんと欲す。
薄《いささ》か言《ここ》に　吉晨《きっしん》を択《えら》び、
時候　和中を得たり。
望舒《ぼうじょ》　その始を警《いまし》め、
豊隆《ほうりゅう》　終わりに備《そな》う。
左に繁霜《はんそう》の剣を帯《お》び、
右に彩虹《さいこう》の弓を攬《と》る。
雲の旆《はた》　霞の纓《ひも》、
婉《えん》としてそれ六竜《りくりゅう》に駕す。
朝《あした》に　咸池《かんち》の陽《きた》より発し、
夕《ゆうべ》に　若木《じゃくぼく》の　叢《くさむら》に息《いこ》う。
瑤台《ようだい》　何ぞ偃蹇《えんけん》たる、
閬風《りょうふう》　蒼穹《そうきゅう》に沖《ちゅう》す。
倏忽《しゅくこつ》として　電光に競《きそ》い、
飄颻《ひょうゆう》として　徐《おもむ》ろに升降《しょうこう》す。
律呂《りつりょ》　風に随いて変じ、
低昂《ていこう》　良《まこと》に窮《きわま》らず。

如継兮如断　継《つ》ぐがごとく　断《た》ゆるがごとく、
在西兮自東　西に在るかとすれば　東よりす。
有来其綿々　来《きた》る有りて　それ綿々《めんめん》、
就之則還空　これに就けば　即ち還空《なおむな》し。
中心紛無極　中心　紛《ふん》として極りなく、
恍驚兮汨濁　恍驚《きょうきょう》たり　汨濁《こつだく》たり。
逡巡相顧云　逡巡《しゅんじゅん》して　相い顧《かえり》みて云《い》う、
帰哉吾旧邦　帰らんかな　吾が旧邦へと。〔東・冬・去声送・江押韻〕

〔訳〕

夜ごとに雨がしとしとと降りつづき、桃も李《すもも》もその紅《くれない》の花をひらいた。

奥ゆかしい蘭の花は、きざはしのあたりに咲き、その芳しい香りが、簾《すだれ》のかかった櫺子窓《れんじまど》から匂ってくる。

この夕暮れはどうしたことか、心もの憂《う》く、やるせない想いにかられる。

そこで部屋の隅から琴を取り出し、弾き歌いして、いささかこころのたけを調べに托《たく》してみる。

弾き端《はな》に別鶴《べっかく》の曲を、おわりに松風の曲をひいてみた。

五つの音律が協和して、すがすがしく響き、曲の中ほどでは、ずっと趣《おもむき》が異なってくる。

しらべは白妙《しろたえ》の雲に入って、遙かな空の彼方へ消えてゆき、また風の吹くにまかせてあらゆる方向へ充ちていく。

また春の曙の気が盛んな頃なので、琴のひびきは天つ帝《みかど》の宮居《みやい》にまで達した。

天帝は、大いに驚かれ、詔《みことのり》をお伝え下され、その響きについて、あれやこれやと考えをめぐらされた。

そして「わが朝廷では、かつて一度も聴いたことがない音楽である。音響が、みんななんと巧《たく》みにつくられているることか。

一体、誰がこの曲を作り、またどこの国からきこえてくるのであろうか。

わが臣民たちに厳命して、この声《ひびき》を尋ねてその跡かたをさがさせようと思う」と。

そこで出発の好い日柄を選ぶと、さいわい時候もおだやかであった。

まず月神が、行列の先頭を警戒し、雷神が、殿《しんがり》を警備した。

天帝は、左手に秋霜をおもわせる白く光る剣を帯び、右手に虹のように美しく色どった美しい弓をお持ちになった。

雲のような旗指物《はたさしもの》。たなびく霞のような冠紐《かんむりひも》をなびかせ、さながら竜のうねり歩くが如き六頭立ての馬車に乗込んだ。

それからというものは、朝《あした》には陽をうける天の咸池の北側から出発し、夕べには陽の沈む天の草むらに休息しながら前進した。

途中に見える仙人の高殿である月は空に高々として、広くゆきわたる風は青空高く吹き渡っている。

天帝の馬車はたちまち雷《いなずま》の光りと疾さを競うかのようであったかと思うと、今度は、ふわりふわりとゆっくり昇ったり降りたりした。

音の調べは風につれて変化し、呂の低音となったり、律の高音となったり、まことに千変万化きわまりなし。

またその曲は続いているかと思えば、杜絶《とだ》えたかのごとく、西から聞こえるかと思えば、東からというようである。

曲は綿々とつづいて来たかと思って、その方へ行ってみれば、反《かえ》って何もなく、どこが中心なのかまぎらわしく極《き》め場《ば》がなく、驚かされたり、心乱れてなにがなんだかわからない。

馬車はついに尻ごみしながら、互いに顔を見合わせていう。さあ帰ろうよ、吾が故郷へ、と。

雨晴雲晴気復晴　　雨晴れ雲晴れ　気もまた晴る、
心清遍界物皆清　　心清《す》まば遍界　物みな清し。
棄世捐身為閒者　　世を棄《す》て身を捐《す》て　閒者となり、
初月与花送余生　　初めて月と花とに　余生を送る。〔庚押韻〕

〔訳〕

雨は晴れ、雲は消え去って、気分も晴れてさっぱりとした。心がすがすがしくなれば、世界中のものみな、すがすがしくなる。

煩わしい世俗の名聞利養《みょうもんりよう》の欲得《よくとく》を捨てて、静かに心を安んずる閑適な人となってはじめて、月や花と同化した世界に仲間入りができて、余生を送ることができるのだ。

孟夏芒種節
杖錫独往還
野老忽見我
率我共成歓
芦蕟聊為蓆
桐葉以充盤
野酌数行後
陶然枕畔眠

孟夏　芒種《ぼうしょう》の節、
錫《しゃく》を杖《つえつ》いて　ひとり往還す。
野老　たちまち我を見、
我を率《ひき》いて　ともに歓をなす。
芦蕟《ろはい》　いささか蓆《ござ》をなし、
桐葉　もって盤に充《あ》つ。
野酌　数行の後、
陶然として　畔《あぜ》を枕として眠る。〔刪・寒・先押韻〕

〔訳〕

初夏は六月五日頃の芒種《ぼうしょう》（シュでなくショウと読む）の節。錫杖《しゃくじょう》をついてひとりあちこちと出歩いた。

すると一人の老いた農夫が、目ざとく私を見付け、つれこんで一《ひと》とき共に話に花を咲かせた。

芦《よし》の葉を蓆《ござ》がわりに敷き、桐の葉をつまみものの受け皿と洒落《しゃれ》こむ。

青空の下で差しつ差されつ何回か盃を重ねると、いい気持ちになって、田の畔を枕にごろりと高いびき。

白扇讃(1)（白扇の讃）

団扇不画意高哉　団扇　画《えが》かざるは　意高きかな、
纔著丹青落二来　わずかに丹青を著くれば　二に落ち来る。
無一物時全体現　無一物の時　全体現る、
有華有月有楼台　華あり　月あり　楼台あり。〔灰押韻〕

〔訳〕　白扇を讃える
団扇《うちわ》は、何も画《えが》かない方が高雅でよい。もし、少しでも色づけされたら、二流品となってしまう。人間無一物になってこそ、その人の真の姿が丸見えとなるようなもので、白い扉は実は花も月も楼台もあらゆるものが含まれていて、見る人によって様々な世界をみせてくれるから(空即是色じゃ)。

(1)　宋の蘇東坡の詩「素紈不画意高哉」及び村上鬼城の句「白扇の真白なるが嬉《うれ》しけれ」参照。

夫人之在世　それ人の世にあるは、
如草木参差　草木の参差《しんし》たるがごとし。
共執一種見　共に一種の見に執し、
到処互是非　到る処　たがいに是非す。

似我非為是　我に似たれば　非も是となし、
異我是為非　我に異ならば　是も非となす。
唯是己所是　ただ己《おのれ》の是とする処を是とし、
何知他所非　何《なん》ぞ他の非とするところを知らん。
是非始因己　是非は　始めより己に因る、
道固不若斯　道は固《もと》より　かくのごとくならず。
以篙極海底　篙《さお》をもって　海底を極めんとす、
唯覚一場痴　ただ覚《さと》る　一場の痴《ち》たることを。〔支・微押韻〕

〔訳〕

そもそも人間の住む世界というものは、草木が縦横高低にいりくんでいるようなものである。人間は、自他ともに一方的な見解に執着し、到る処で是《ぜ》だの非だのと論じ合っている。そして兎角、自分の意見と似ていると非をも是とし、自分の見解と違った説だと是をも非とする。つまりはただ己《おのれ》がよしとする所だけを是とするのであるから、どうして他が非とするものを正しく理解できようか。不可能である。

是非の区別は、始めから基準を自己の中においているためだ。正しい道理というものは、もとよりこのように割り切れるものではない。

たとえていうならば、短い舟竿で深い海底を探ろうとするようなもので、そんなことは、ただその場限りの戯言《たわごと》にすぎぬことがわかろう。

孰謂我詩詩　たれか我が詩を詩という、
我詩是非詩　我が詩は　これ詩にあらず。
知我詩非詩　我が詩の詩にあらざるを知らば、
始可与言詩　始めて与《とも》に詩を言《かた》るべし。〔支押韻〕

〔訳〕
いったい誰方《どなた》が私の詩を詩だなどと言うのであろうか。私の詩は、いうところの詩とはとても言えない別物である。
私の詩が、いわゆる詩でないということがわかるお方にして、始めてご一緒に詩というものについて語り合いたいものだ。

孤鶴摩九霄　孤鶴　九霄《しょう》を摩し、
群雀噪東籬　群雀　東籬《り》に噪《かまびす》し。
潜虬蔵深淵　潜虬《せんきゅう》　深淵に蔵《かく》れ、
狂猿戯高枝　狂猿　高枝に戯《たわむ》る。
小大得其処　小大　その処を得、

動静各有為
盛饌供上上
雖美不充飢

動静　おのおの為すあり。
盛饌《せいせん》を　上上に供すも、
美《うま》しといえども　飢を充《み》たさず。〔支押韻〕

〔訳〕

一羽の鶴が大空に高く舞い、雀は群がって東の籬《まがき》のほとりでやかましく囀《さえず》っている。

みづち虫は、深い淵にかくれ、いたずら猿は高い枝でたわむれている。

このように動物たちは小も大も各々にその場《ところ》を得て、それぞれに振る舞っているのである。

だからみごとな御馳走を供えても、人間には美味《おいし》くても、他の生きものの飢えは充たせない。

可憐好丈夫
間居好題詩
古風擬漢魏
近体唐作師
斐然其為章
加之以新奇
不写心中物
雖多復何為

可憐《かれん》なり　好丈夫、
間居して　好みて詩を題す。
古風は　漢魏に擬《なぞら》え、
近体は　唐を師となす。
斐然《ひぜん》として　それ章をなし、
これに加えるに　新奇をもってすれども、
心中の物を写さざれば、
多しといえども　また何をかなさん。〔支押韻〕

〔訳〕

あっぱれなる好《よ》き男《お》の子かな。彼は閑居してよく詩を作る。

古風《ふるぶり》は、漢魏の詩風《うたぶり》になぞらえ、近体は唐詩を手本としている。

詩は美しい章《あや》をなし、そのうえ、さまざまに新しい工夫をこらす。

が、心の中の真実を詠《よ》み出さなければ、たとえ数ばかり多く作ったにしても、所詮《しょせん》、空しい遊《すさび》ごとであろうが。

題峨眉山下橋杭(1)　（峨眉《がび》山の下橋杭に題す）

不知落成何年代
書法遒美且清新
分明峨眉山下橋
流寄日本宮川浜(2)

知らず　落成は　何《いず》れの年代なるかを、
書法　遒美《しゅうび》にして　かつ清新。
分明《ふんみょう》なり　峨眉山の下《しも》の橋、
流れ寄る　日本　宮川の浜に。〔真押韻〕

〔訳〕　峨眉《がび》山の下《ふもと》にある橋杭に記された文字

この橋の落成の、年代はわからない。が、橋杭《ぐい》に刻まれた文字の書法は、力づよく美しく、かつ清新である。

蜀の峨眉山の下の橋杭だということはあきらかである。それが漂流して我が越後の宮川浜に流れ着いたのだ。

（1） 峨眉山は中国四川省にある名山。文政八年十月、一木材が越後刈羽郡椎谷の宮川浜に漂着した。これに「峨眉山下橋」の五字が刻んであった。当時僧観励がその文字を臨刻刊行して、好事家達に配ったことがある。

（2） 柏崎市の北方の浜。

狗子（1）（狗子《くす》）

趙州（2）問有答有
問無答無
君問有也不答
問無也不答
不審意作麼生
也不答

趙州《じょうしゅう》は有《う》かと問えば有と答え、
無かと問えば無と答う。
君は有かと問うも答えず、
無かと問うも答えず。
不審の意　作麼生《そもさん》、
また答えず。

〔訳〕 狗子《くす》

昔、趙州《じょうしゅう》和尚にある僧が問うてみた。「狗子《いぬころ》にも仏性《ぶっしょう》が御座いましょうか」と。趙州は、

「有る」

と答えた。今度は別の僧が、

「狗子に仏性は無いのでしょうか」

と問うてきた。すると

「無し」

とぬけぬけと答えた。

さてここで私が、円山応挙の描いたワン君に「狗子に仏性が有ると思うか」と尋ねてみると、ワン君の答えはない。今度は「無いと思うか」と尋ねてみたが答えはなかった。

ではお尋ねしますがワン君よ。君は自分で仏性が有るか、無いかと言うことがお分かりにならないのか。それとも私の質問の意味がお分かりにならないのか。と念をおしてもワン君は黙って答えない。(それでよいのだ。答えること自体がおかしい。分からなければ自分に聞けばよいのだ。自分にきくことが一番たしかだ。自分にきくとは、坐禅をすることだ)。

(1) この讃は越後与板の三輪家にある円山応挙が画いた犬ころの絵に讃したもの。

(2) 真際大師従諗と称し唐の南泉普願の弟子(七七七―八九七)。趙州の観音院に住し、南宗禅を挙揚し、天下の雲水をしてこの人ありと仰がしめた。道元禅師も良寛もその風光を崇めた。

秋夜翫月　（秋夜の翫月）

四時雖有月
弄月良在斯
秋山高兮秋水清
万里長空一鏡飛
光元不存境亦然
光境共忘復是誰
天高々兮秋冷々
手把宝杖遶翠微
四顧寥々絶塵埃
但見秋月騰光輝
此夜誰人看秋月
不知秋月復照誰
照去照来幾度秋
看月弄月無了期

四時　月ありといえども、
月を弄《め》ずるは　まことにここにあり。
秋山高く　秋水清《す》み、
万里の長空に　一鏡飛ぶ。
光《ひか》り　もと存せず　境もまた然り、
光境共に忘《ぼう》ず　またこれ誰《た》ぞ。
天高々として　秋冷々《りょうりょう》たり、
手に宝杖をとりて　翠微を遶《めぐ》る。
四顧すれば寥々として　塵埃《じんない》を絶す、
ただ見る　秋月の　光輝を騰《あ》ぐるを。
この夜誰《た》れ人か　秋月を看る、
知らず　秋月　また誰をか照らす。
照り去り照り来る　幾度《いくたび》の秋、
月を看　月を弄《め》でて　了期なし。

霊山(1)話兮曹渓(2)指
総是月下好風規
月下沈吟夜已深
江山寂々白露滋
何処遊子多愁思
誰家池台最光輝
君不見
昔時江西翫月夜(3)
独許普願物外帰
又不見
薬嶠大笑孤峰頂
声価従是高一時
共是為千古万古
空令行人仰盈虧
我亦従来多古意
此夕対月一沾衣

霊山《りょうぜん》の話　曹渓《そうけい》の指、
すべてこれ月下の　好風規。
月下に沈吟すれば　夜すでに深み、
江山寂々として　白露滋《しげ》し。
何処の遊子《ゆうし》か　愁思《うれい》多く、
誰が家の池台か　最も光輝ある。
君見ずや、
昔時　江西　翫月《がんげつ》の夜、
ひとり許す、普願《ふがん》の　物外に帰するを。
また見ずや、
薬嶠　孤峰の頂《いただき》に大笑するを、
声価これより　一時に高し。
共にこれ　千古　万古たり、
空《むな》しく行人をして盈虧《ようき》を仰がしむ。
我もまた従来　古意多し、
この夕　月に対して　一に衣を沾《うるお》す。〔支・微押韻〕

〔訳〕　秋夜月を賞でる

四季の別なくそれぞれに月には風流《おもむき》があるが、月を賞《め》づる絶好のときはまさにこの時である。

秋の山々は、天高く映え、川の流れは、清冽に清《す》み、どこまでも広がる大空に鏡のような一輪の月がと渡る。

考えてみると、このように照らす光りも照らされる外境も、常ならず、本来はといえば空なのだ。月光と外境とにとらわれないような心の持主は、いったい誰の境界《きょうがい》か（それは仏祖であり、真澄の鏡の心月を賞でているこの私である）。

仰ぐ天はいよいよ高く、秋の気は爽涼として肌寒く、手に大事な錫杖をとり、山の中腹をめぐり歩く。

四方を見廻せば、塵を絶した静《しず》けさの中に、ただ秋月のみが光りの輝きを増している。

今宵、いったい誰がこの月をじっと見入っていることであろう。そしてまた、あの月は、いったい誰を照らし出しているのであろう。

年々歳々、幾回の秋となく月は照らし通してきているのだが、人はこの月を見つづけてあきない（だが、月によって道を体得したものがどれほどおろうか）。

釈尊の霊山《りょうぜん》での話も、六祖慧能《えのう》が曹渓山で払子《ほっす》を立てた説教も、すべて月夜の好ましい消息である。

月下で詩作に耽っていると、夜は早くも更《ふ》けて、山川ともにしんしんと静もり、白露がしとどに宿ってきた。

こんな夜は、どこの旅人が、悲しみの想いが深く、また何処の家の池の台《うてな》がいちばん輝いているのであろうかと思われる。

御存知であろう。むかし江西で馬祖の弟子達が月を賞でた夜に、ひとり南泉普願だけが相対の知見つまり迷いを転じて大自在《さとり》を得たという話題を。

また、薬山《やくさん》惟儼《いげん》が孤峰の頂上で、経行《きんひん》(坐禅の合間に行う足ならし)の際に月が顔を出したのを見て大笑いしたという笑話を御存知であろうか。このことがあってから、二人の評判が一時に高くなったのである。

これ等は共に大昔からの禅門の話題であるが、こうしたことに縁のない旅人は、ただ月の満ち欠けを仰ぐだけのことだ。

私もまた、昔からの古い話題に多くの心を惹かれてきている。それゆえ今夜、月を仰ぎながら感慨胸に迫り、我が衣手《こもろで》はしとどにぬれそぼったことである。

(1) 釈尊が霊鷲山《りょうじゅせん》で大衆《だいしゅ》に説法したこと。
(2) 六祖慧能禅師の住せられた所。そこで「本来無一物」と喝破し払子《ほっす》を立てた説教をいう。
(3) 百丈、智蔵、南泉の三人が師の馬祖道一禅師に侍して、月を弄《め》づるにちなんで問答したとき、馬祖は、ただ南泉のみ物外に超越し大自在を得た、といわれた。

六、遍界寂寥・天地慟哭（どこもかしこも寂しさだけ・天地とともに悲しみに泣く）

病中自吟（病中自吟）

左一(1)棄我何処之
有願(2)相次黄泉帰
空牀唯余一枕在
遍界寥々知音稀

左一我を棄てて　何処《いず》にかいける、
有願《うがん》相い次いで　黄泉に帰す。
空牀《くうしょう》　ただ一枕を余《あま》してあり、
遍界寥《りょうりょう》々　知音《ちいん》　稀《まれ》なり。〔微押韻〕

〔訳〕　病中伏せている時、自ずと口をついて詠む

左一よ。そなたは私を残してどこへ行きよったのか。それに有願も相い次いで黄泉《あのよ》へ帰《みまか》った。寂しい床には、ただ枕が一つあるだけ。どこを見てもひっそりとして淋しく、真に私を知ってくれる者がほとんどいなくなってしまった。

（1）　与板町、五代三輪九郎右衛門の弟。正しくは、左市。文化四年五月歿。良寛より仏戒を受けた仏弟子。沙弥《しゃみ》。
（2）　三条市代官島の庄屋田沢家に生まれる。白根市新飯田町円通庵三世海翁東岫、有願居士。文化五年八月三日示

寂、七十一歳。

左一大丈夫
惜哉識者稀
唯余贈我偈
一読一沾衣

左一は　大丈夫、
惜《お》しいかな　識《し》る者稀《まれ》なり。
ただ我に贈りし偈《げ》を余《のこ》せり、
一《ひと》たび読むごとに　一《いっ》に衣を沾《うるお》す。〔微押韻〕

〔訳〕
左一沙弥《しゃみ》は、頼もしい人物であったが、惜しいかな彼の真骨頂を知る者はすくない。ただ一つ私に贈ってくれた偈があるが、一読するたびに、涙で衣手《ころもで》をしぼらされることよ。

坐時聞落葉
静住是出家
従来断思量
不覚涙沾巾

坐して時に　落葉を聞く、
静《じょう》に住するは　これ出家。
従来　思量を断ちたれども、
覚えず　涙　巾《きん》を沾《うるお》す。

〔訳〕
坐禅中、ふとかさこそと散る落葉の音を聞いた。外境に引きまわされない静慮《さとり》を旨《むね》とするのが本来出家というもの。

私は、ずっとこれまで非思量《さとり》の絶対境に安住して来ているけれども、深みゆく秋のもののあわれに、不覚《おもわず》涙をもよおして手巾《てぬぐい》をしとどに濡らしたことよ。

痴頑何日休
孤貧是生涯
日暮荒村路
復掲空盂帰

痴頑《ちがん》　何《いず》れの日にか休《や》まん、
孤貧　これ生涯。
日暮　荒村の路、
また空盂《くうう》を掲《かか》げて帰る。〔佳・微押韻〕

〔訳〕

私のこちこちの愚かさは、いつになったらなおるだろうか。孤独と貧乏、これは私が選んだ生涯を通しての生き方。

日が暮れて、(田畑も人の心も)荒れ果てた村の路を、今宵《こよい》もまた空《から》の鉢《はつ》を拿《ささ》げて足どり重く帰ってくる。

仏祖法灯漸将滅
有誰続炎和尚社
犬質羊性何堪任
寤寐思之涙空下

仏祖の法灯　漸《ようや》くまさに滅せんとす、
誰か炎を和尚の社に続《つ》ぐものあらん。
犬質羊性　何ぞ任に堪《た》えん、
寤寐《ごび》にこれを思うて　涙空しく下る。〔上声馬押韻〕

〔訳〕

歴史上の祖師がたから承けついだ正伝の法脈が、だんだん杜絶《とだ》えようとしている。いったい誰がこの法灯の炎をかきたてて宗団の生命を相続してゆこうとするのか。犬のように空しく吠えるばかりで羊のようにおとなしい性格の私では、とうていその任に堪えられそうもない。私は、このことを考えると、寐《ね》ても寤《さ》めても心配で涙がわけもなく落ちてくるのだ。

遠山飛鳥絶　　遠山に　飛鳥絶え、
閑庭落葉頻　　閑庭に　落葉頻《しき》りなり。
寂寞秋風裏　　寂寞《せきばく》たり　秋風の裏《うち》、
独立緇衣人　　ひとり立つ　緇衣《しい》の人。〔真押韻〕

〔訳〕
夕暮れどき、遠くを見やれば、山々の鳥は、はや塒《ねぐら》に帰ってしまった。近くに目をおとせば、静かな庭には落葉がしきり。
じっと耳をすませば、秋風が蕭《しょう》々とさびしく、さらに夕闇をすかしてみれば、吹く風の中に佇《たたず》んでいる黒衣の僧が一人(黒一色の絶対境の情景を詠んだもの)。

六十有余多病僧　　六十有余　多病の僧、
家在社頭(1)隔人煙　　家は社頭に在りて　人煙を隔《へだ》つ。

巌根欲穿深夜雨　巌根《がんこん》も穿《うが》たんと欲す　深夜の雨、
灯火明滅古窓前　灯火明滅す　古窓の前。〔先押韻〕

〔訳〕

私は六十余歳にもなってしまった病気勝ちの僧。いま神社のほとりに庵を結んで世間と離れてくらしている。

ふけゆく夜に聴く雨脚《あまあし》は激しくて、巌のかたまりまで穴をあけるかと思われるほど。さびしい窓辺にともる行灯《あんどん》の火影《ほかげ》も頼りなく、隙間風《すきまかぜ》で明るくなったり、消えそうになったりしている。

（1）　乙子神社の境内。

回首五十有余年　首《こうべ》を回《めぐ》らせば　五十有余年、
是非得失一夢中　是非得失　一夢《ぼう》の中。
山房五月黄梅雨　山房の五月　黄梅の雨、
半夜蕭々灑虚窓　半夜蕭《しょうしょう》々として　虚窓《きょそう》に灑《そそ》ぐ。〔東・江押韻〕

〔訳〕

五十余年をかえりみると、是非得失に一喜一憂したところで、それははかない一夜の夢見にすぎないということが分かった。

さて、ここ五月の草庵には、五月雨《さみだれ》が夜半《よなか》から降り出し、覆《おお》いのない切り開いたままの窓に、しとしとと降りそそいでいる。

無常信迅速
刹那刹那移
紅顔難長保
玄髪変為糸
張弓脊梁骨
畳波醜面皮
耳蟬竟夜鳴
眼華(1)終日飛
起居長歎息
依稀倚杖之
常憶少壮楽
兼添今日罹
痛哉惆老客
若彼霜下枝
受生三界者

無常　信《まこと》に迅速、
刹那《せつな》　刹那に移る。
紅顔　つねには保ちがたく、
玄髪　変じて糸となる。
弓と張る　脊梁《せきりょう》の骨、
波を畳《かさ》ぬ　醜面《しゅうめん》の皮。
耳蟬《じぜん》　竟夜《きょうや》鳴り、
眼華《げんけ》　終日飛ぶ。
起居　つねに歎息し、
依稀《いき》として　杖に倚《よ》りてゆく。
常に憶《おも》う　少壮の楽しみ、
兼ねて添《そ》う　今日の罹《うれい》。
痛《いたま》しきかな　老を惆《いた》むの客、
彼の霜下の枝のごとし。
生を三界に受くる者、

誰人不到斬
念々無暫止
少壮能幾時
四大日々衰
心身夜々疲
一朝就病臥
枕衾無長離
平生打嘍囉
至此何所為
一息纏截断
六根(2)共無依
親戚当面歎
妻子撫背悲
喚渠々不応
哭渠々不知
冥々黄泉路
茫々且独之

誰《た》れ人か　ここに到らざらん。
念々　暫くも止まることなし、
少壮　能《よ》くいく時ぞ。
四大《しだい》　日々に衰え、
心身　夜々に疲る。
一朝　病に就《つ》いて臥《ふ》さば、
枕衾《ちんきん》　長く離るることなからん。
平生　嘍囉《ろうら》をなせど、
ここに至りて　なんの所為《しょい》ぞ。
一息　ただちに截断《せつだん》すれば、
六根　共に依るなし。
親戚　面に当《むか》いて歎き、
妻子　背《せな》を撫でて悲しまん。
渠《か》れを喚《よ》べども　渠れ応《こた》えず、
渠れに哭《こく》すれども　渠れ知らず。
冥々《めいめい》たり　黄泉の路、
茫々《ぼうぼう》として　かつひとりゆく。〔支・微押韻〕

〔訳〕

現実の人の世の常なきさまは、まことに速やかで、一瞬一刻のうちに移りかわる。

紅顔の少年時代も、いつまでも保ちがたく、緑なす黒髪も、やがて細い白糸のようになってしまう。

弓のように曲った脊骨《せぼね》。しみだらけの醜い顔に刻まれた深いしわ。

夜っぴいて蟬の鳴くような耳鳴りがし、老いの眼には白いもののちらつきが、日がな一日かかっている。

立ち居振る舞いのたびごとに出るものは長いため息ばかりで、ぼんやりと杖にすがって歩くもどかしさ。

いつも想いに浮かぶのは、若かりし頃の楽しさと、それと裏返しの今の憂《うれ》い。

まことに痛ましいことだ、老いをかこつ人は。さながら霜にあった枝のようである。

この娑婆《しゃば》に生まれてきたからには、だれだってこうしたことを味わわないものはいない。

人間は時々刻々しばらくも小止みなく変わってゆく。少く壮《わかさか》んな時は、あっという間でしかない。

四大《からだ》は日毎に衰え、心も身も夜毎に疲れをおぼえてくる。

ひとたび病気になって寝たきりにでもなれば、なかなか床上げすることができなくなるであろう。

ふだんお喋りは達者でも、こうなっては万事休するのみである。

ひとたび息ができなくなってしまえば、眼・耳・鼻・舌・身・意の六つの感覚がばらばらとなって、それまでである。

親戚の者が、死に顔を凝視してなげき、妻や子が背を撫でてかなしむであろう。

彼の名を呼んでも、彼はこたえず、彼に向かって大声で泣き叫んでも彼にはもう分からない。

暗い暗い遙かな黄泉路《よみじ》を、彼はただ一人でとぼとぼとたどるばかりとなるのである。

(1) 眼病のとき空中にちらつくかげり。迷い妄想のたとえ。

(2) 眼、耳、鼻、舌、身、意の六つの感覚器官のこと。

金羈遊侠子　金羈《きんき》の遊侠子《ゆうきょうし》、
志気何揚々　志気《しいき》何《なん》ぞ揚々たる。
維馬垂楊下　馬を維《つな》ぐ　垂楊《すいよう》の下、
結客少年場　客と結ぶ　少年の場。
一朝千金尽　一朝　千金尽き、
軀軻孰復傷　軀軻《かんか》　たれかまた傷《いた》まん。
帰来問旧閭　帰り来りて　旧閭《きゅうりょ》を問えば、
歳寒四壁荒　歳寒うして　四壁荒れたり。〔陽押韻〕

〔訳〕
金色《こんじき》の面懸《おもがい》をつけた立派な馬に跨がった伊達《だて》男。その容姿のなんと意気揚々たることよ。馬をみどりなす柳のもとに繋《つな》いでおき、若者の遊びの場で交際《つきあい》をする。ところが、一朝あり金残らず使いはたし、尾羽うち枯らす身になると、みんな見ても見ぬふりして同情をよせる者など一人もいない。

やむなく故郷へ舞いもどり、もと居た家を尋ねてみると、厳寒の折にもかかわらず、ぐるりの壁も剥《は》げ落ちて荒れ放題となっている始末。

冬夜長　（冬夜長し）

冬夜長兮冬夜長
冬夜悠々何時明
灯無炎兮炉無炭
只聞枕上夜雨声

冬夜長く　冬夜長し、
冬夜悠々　いずれの時にか明けん。
灯に炎なく　炉《ろ》に炭《すみ》なし、
ただ聞く枕上《ちんじょう》　夜雨の声《ひびき》。〔陽押韻〕

〔訳〕　冬夜長し

冬の夜のなんと長い長いこと。冬の夜はゆったりゆっくりで、いつになったら明けるのやら。灯の油もきれ炎もなく、炉の炭もない。ただ枕辺に、夜雨の音のみ胸にこたえて聞こえるばかりだ。

客中作　（客中の作）

旅亭蕭条孤客情
五更沈々子規鳴

旅亭　蕭条《しょうじょう》たり　孤客《こかく》の情、
五更　沈々《しんしん》　子規《しき》鳴く。

回首遙望万里月　首《こうべ》を回《めぐ》らして遙かに望む　万里《ばんり》の月、
夜々思君聞鐘声　夜々　君を思い　鐘声を聞く。〔庚押韻〕

〔訳〕　旅先の作
旅籠《はたご》屋でひとり泊っていると、さびさびとした気持ちになる。しんしんと鎮《しず》まりかえった夜明け近くに突然不如帰《ほととぎす》がしじまを破って鳴く。
ふと窓ごしに万里を照らす月光を遙かに仰ぎみて、こうした旅の空で夜ごとに君を偲《しの》んでは明《あけ》六つの鐘を聞く。

左一老（左一老）

曾冒風雪尋草廬　曾《かつ》て風雪を冒《おか》して　草廬を尋ぬ、
一碗苦茗接高賓　一碗《わん》の苦茗　高賓に接す。
那時話頭尚在耳　那《か》の時の話頭　なお耳にあり、
倒指早是十余春　指を倒せば早これ　十余春。
旧痾尓来無増悩　旧痾《あ》　尓来　悩みを増すなきか、
時当歳寒宜厚茵　時まさに歳寒　宜しく茵《しとね》を厚くすべし。
我道回首実堪嗟　我が道《どう》　首《こうべ》を回《めぐ》らせば　実に嗟《なげ》くに堪《た》えたり、

天上人間今幾人　　天上人間《じんかん》　今いく人《たり》ぞ。〔真押韻〕

〔訳〕左一老

以前、風雪をついて貴下の庵を尋ねた折り、一杯の渋茶に手厚いもてなしをうけた。あの時の話は、今もしっかりと覚えている。が、指折り数えてみると、かれこれ十余年もたっている。貴下のご持病は、その後悪くなっていなければよろしいが。今はちょうど寒い季節だから、布団も重ねて温かになさるがよい。

さて、わが仏教界を顧みると、実に情けないことで、亡くなられた人を含めても、これはという人物は幾人もいませんね。

乞食（乞食《こつじき》）

十時街頭乞食了　　十時街頭に　食《じき》を乞《こ》いおわり、
八幡宮(1)辺方徘徊　　八幡宮辺　まさに徘徊《はいかい》す。
児童相見共相語　　児童相い見て　共に相い語る、
去年痴僧今復来　　去年の痴僧《ちそう》　今また来ると。〔灰押韻〕

〔訳〕食《じき》を乞う

十時頃賑《にぎ》やかな街なかでの托鉢《たくはつ》が終わったので、いましがた八幡宮のあたりをぶらぶらと歩いてみた。

ふとみると子供らが互いに顔を寄せ合い、何やら囁《ささや》き交わしている。「去年の馬鹿坊主が今年もまたやって来たぞ」と。

（1）　三条市の八幡神社。今この詩碑が建てられてある。

暁（暁）

二十年来郷里帰[(1)]
旧友零落事多非
夢破上方金鐘暁
空牀無影灯火微

二十年来にして　郷里に帰る、
旧友零落して　事は多く非なり。
夢は破らる上方　金鐘《こんしょう》の暁《あかつき》に、
空牀影なく　灯火微《かす》かなり。〔微押韻〕

〔訳〕　暁《あかつき》

二十年の修行を終えて帰郷してみると、旧友は亡くなり、思い続けて来た事とは裏腹の現実だけがあるばかりだった。

山上の寺でつく明け六つの鐘に私の平安の夢は破られ、空の床にはなんにもおかれてなく、灯火だけがかすかに点《とも》っている。

（1）　出家してから二十年後に郷里に帰ったと明記しているのに従来の良寛研究者は誰一人として気づかなかった。

春暮　（春の暮れ）

芳草萋々緑天連
桃花乱点水悠々
我亦従来忘機者
悩乱風光殊未休

芳草萋々《せいせい》として　緑　天に連《つら》なり、
桃花　乱点して　水悠々たり。
我もまた従来　機を忘《ぼう》ずる者なれど、
風光に悩乱させられて　殊にいまだ休せず。〔尤押韻〕

〔訳〕春の暮れ
かぐわしい春草が、すいすいと生え揃《そろ》い、その緑が天に向かって伸び、ひらひらと舞い降りた桃の花びらが、悠々と流れに漾《ただよ》っている。
私もまた過去の祖師方のように心の機《はたらき》を超越してきた者ではあるが、この美しい風光に心を奪われ、なおまだ春の美しさに心ひかれる生き方をとどめ得ずにいる。

秋暮　（秋の暮れ）

秋気何蕭索
出門風稍寒

秋気　何《なん》と蕭索《そうさく》たる、
門を出ずれば　風やや寒し。

孤村煙霧裡
帰人野橋辺
老鴉聚古木
斜雁没遙天
唯有緇衣僧
立尽暮江前

孤村　煙霧の裡《うち》、
帰人　野橋の辺《ほとり》。
老鴉《ろうあ》　古木に聚《あつ》まり、
斜雁《しゃがん》　遙天に没す。
ただ緇衣《すみぞめ》の僧あり、
立ち尽くす　暮江の前。〔寒・先押韻〕

〔訳〕秋の暮れ
秋の冷気は、なんともの寂《さび》しいことよ。門を出ると、吹く風も、やや膚寒《はださむ》い。

ひっそりとした村うちには、夕靄《もや》がたちこめ、野良《のら》帰りの人が、橋のほとりをたどっている。

親がらすが古木に集まり、遠くの空に斜めに並んで飛ぶ雁がねの一行が、次第に遠ざかってゆく。

この光景に見とれた墨染の衣の僧がただ一人。暮れゆく川のほとりで、じっと立ちつくしている。

空盂(1)（空盂《くうう》）

青天寒雁鳴
空山木葉飛
日暮煙村路

青天に　寒雁《かんがん》鳴き、
空山に　木葉飛ぶ。
日暮　煙村の路、

独掲空盂帰　　ひとり空盂《くうう》を掲《かか》げて帰る。〔微押韻〕

〔訳〕　空っぽの鉢

ひさかたの青きみ空にわたる寂しき雁がね。あしびきの静けき山にかさこそと散る木の葉にも似た我。

いま日暮れて霞棚引く玉矛《たまぼこ》の道を一人とぼとぼと。空《から》の鉢の子をささげ、寒ざむと帰る托鉢僧の侘《わび》しさよ。

（1）　もらいがなかった空《から》の鉢の子の応量器。

闘草（闘草）

間与児童闘百草　　しずかに児童と　百草を闘わす、

闘去闘来転風流　　闘去闘来《とうきょとうらい》　うたた風流。

日暮寥々人帰後　　日暮寥々たり　人帰りし後、

一輪明月凌素秋　　一輪の明月　素秋に凌《しの》ぐ。〔尤押韻〕

〔訳〕　闘草

しずかに子供らと、いろいろな草相撲をとった。夢中になって草相撲をして過ごすこの一時の風雅なことよ。

日暮れて子供らが立ち去ったあとのわびしさはひとしおだが、ますみの秋空に照りわたる一輪の明月が私の心を癒《いや》してくれる。

寒夜　（寒夜）

草堂深掩竹谿東　　草堂深く掩《おお》う　竹谿《ちくけい》の東、
千峰万壑絶人蹤　　千峰万壑《ばんがく》　人蹤《じんしょう》を絶《た》つ。
遙夜地炉焼榾柮　　遙夜地炉に　榾柮《こっとつ》を焼《た》き、
只聞風雪打寒窓　　ただ聞く風雪の　寒窓を打つを。〔冬・江押韻〕

〔訳〕　寒夜

草の庵は、雪に深く蔽われて竹むらの谷間の東《ほとり》にある。あたりの峰という峰、谷という谷は、雪にうずもれて人の足あとを消している。

私は夜もすがら寒さを凌《しの》ぎつつ囲炉裏にそだをたいて、さびしい庵の窓に吹きつけてくる風雪の音に耳を傾けている。

逢賊(1)　（賊に逢う）

禅版蒲団把将去　　禅版《せんぱん》蒲団《ふとん》をば　将《も》ち去る、
賊打草堂誰敢禁　　賊《ぞく》は草堂を打《おそ》う　誰か敢《あ》えて禁ぜん。

終宵孤坐幽窓下
疎雨蕭々苦竹林

終宵孤坐す　幽窓《ゆうそう》の下《もと》、
疎雨蕭《しょうしょう》々たり　苦竹林《くちくりん》。〔侵押韻〕

〔訳〕　賊に逢う

こそ泥が罷《まか》り出て私の大事な禅版（坐禅を組んだまま坐睡するときに使う顎《あご》を支える細長い板）と座蒲《ざふ》（坐禅のとき尻の下にしく団《まる》い蒲団）を持ち去った。奴《やっこ》さん、不覚にもこんな草庵に狙いを定めてやってきたが、誰が邪魔だてなどするものか（出入りは御自由）。

（だが、御苦労様にも山坂を越えてきた彼の心情を思うと、寝ても寝つかれない。やむなく）夜っぴて暗い空の下で一人坐禅を組む。時折り雨が真竹の叢《やぶ》にぱらぱらと降りそそいでいる。

（1）　賊に遭うの字を使わず、逢うの字を使っているところに、良寛の賊への気持ちが読みとれる。

七、不断友情・老来懐古

（変わらない友へのこころづかい・老《ふ》けるにつれ昔が偲《しの》ばれる）

間庭百花発　　間庭　百花発《ひら》き、
余香入此堂（1）　余香　この堂に入る。
相対共無語　　相《あ》い対するも　共に語なく、
春夜々将央　　春夜　夜まさに央《なか》ばならんとす。〔陽押韻〕

〔訳〕
しずかな庭に、さまざまな花が咲きそろい、溢れる香りが、この部屋まで匂ってくる。
貴君と対《むか》いあっているが、花の香に魂を奪われているためか、暫《しば》し語らいを忘れている。そうしている間に、ぬばたまの春の夜はふけるばかり。いつしか真夜中になろうとしている。

（1）国上山麓渡部《わたべ》の阿部定珍の邸。

次来韻(1)（来韻に次《つ》ぐ）

頑愚信無比
草木以為隣
懶問迷悟岐
自笑老朽身
(2)褰脛間渉水
携嚢行歩春
聊可保此生
非敢厭世塵

頑愚《がんぐ》　まことに比《くらべ》なく、
草木をもって隣となす。
問うに懶《ものう》し　迷悟の岐《みち》、
みずから笑う　老朽の身を。
脛《すね》を褰《かか》げて　間《しずか》に水《かわ》を渉《わた》り、
嚢《ふくろ》を携《たずさ》えて　行く春に歩む。
いささかこの生を保つべし、
敢《あ》えては世塵を厭《いと》うにあらず。〔真押韻〕

〔訳〕　便りに返す

私のかたくなと愚かさは、まことに天下無類である。なぜならば非情の草木と隣づき合いをしているような者だから。

迷いだとか、悟りだとかいう思慮分別に関わることを問題にすることは億劫《おっくう》で、この老いぼれの身を自分から笑いとばしている。

私は洞山大師よろしく、股《もも》立ちをとって静かに川を渡り、頭陀袋《ずだぶくろ》をぶらさげ移りゆく春の陽を浴びて歩く。

そして行き先の短いこの命をもちこたえてゆければよく、何がなんでも世俗の煩わしさを厭い通すというわけでもない。

(1) 詩友原田鵲斎に同韻を和して贈った詩。

(2) 唐の洞山良价は雲水行脚中、たまたま川にさしかかり、衣をかかげて静かに渉っていたところ、ふと川面に映った自分の姿をみて、さとりを得たという故事。

看花到田面庵（花を看て田面庵《たのもあん》に到る）

桃花如霞挟岸発
春水若藍遶村流
行傍春水持錫去
故人家在水東頭

桃花霞《かすみ》のごとく　岸を挟《はさ》んで発《ひら》き、
春水藍《あい》のごとく　村をめぐりて流る。
行く春水に傍《そ》い　錫を持して去《ゆ》けば、
故人の家は　水《かわ》の東頭にあり。〔尤押韻〕

〔訳〕　花を眺めつつ田面庵《たのもあん》に着く
桃の花が霞のように両岸に咲いている。春の川は、藍のように青々と村々をめぐって流れている。
その春の川に沿いずんずんと錫杖《しゃくじょう》を鳴らして行けば、昔から親しくしている有願《うがん》の住まいを川の東ぞいに見かけることができる。

与由之(1)飲酒楽甚　(由之と酒を飲み楽しむこと甚だし)

兄弟相逢処　　兄弟　相い逢う処《とき》、
共是白眉垂　　共にこれ　白眉垂る。
且喜太平世　　且《か》つ喜ぶ　太平の世を、
日々酔如痴　　日々　酔うて痴のごとし。〔支押韻〕

〔訳〕由之と酒をくみかわし、大いに楽しむ
兄と弟とが久しぶりに逢ってみると、二人とも眉が白く長く垂れる老人となった。が、まあまあお互い太平の世に会えたことを喜び、毎日、酔っぱらって、まるで白痴《ばか》のようになっていられる(結構な兄弟であることよ)。

(1) 良寛のすぐ下の弟。通称新左衛門、後、巣守と改む。国学を修め和歌をよくした。天保五年正月十三日、七十三歳で歿した。

下谷采崇蘭　　谷に下りて　崇蘭《すうらん》を采《と》る、
谷邃霜露滋　　谷　邃《おくふか》く　霜露しげし。
日暮聊盈把　　日暮　いささか把《は》に盈《み》つ、

悠々懐所思
山河(1)隔且長
良晨在何時
引領望天末
佇立涙如糸

悠々　所思を懐《おも》う。
山河　へだて　かつ長く、
良晨　何《いず》れの時にか在らん。
領《うなじ》を引いて　天末を望み、
佇立《ちょりつ》して　涙　糸の如し。〔支押韻〕

〔訳〕
谷に下りてゆかしい蘭の花をとるが、谷は奥深くて露っぽく湿《しめ》っている。日暮れになって、やっと握りきれないほどになった蘭を手にしつつ、遠い彼方の畏敬している人を懐《なつ》かしんだ。
彼《か》の人と私は、遙かに山河を隔てているので、再会のできる楽しい朝をいつ迎えることができるものやら。頸《くび》を長くして遙かな空の果てを望み、しばらく立ち止まると糸のような涙が頬をぬらした。

（1）「正月十六日夜贈維馨老」（一九三頁）参照。

心随流水去
身与浮雲閒
江村風月夕
孤錫静叩門

心は流水に随いて去り、
身は浮雲《ふうん》とともに閒《まどか》なり。
江村　風月の夕べ、
孤錫《こしゃく》　静かに門を叩く。

人間淡心事
床上濃茶煙
誰恨秋夜永
鑽燭南窓前

人間《じんかん》　心事　淡《あわ》く、
床上　茶煙こまやかなり。
誰か恨まん　秋夜の永きを。
燭を鑽《き》る　南窓の前。〔刪・元・先押韻〕

〔訳〕

心は流水のようにさらさらとよどみがない。そして身は浮雲と一緒で、しずかそのものである。

川辺の村に、夕風が吹き月の登る頃、一人錫《しゃくじょう》杖をついて、さる人の門をそっと叩いてみる。

二人とも世間事にはごく疎く、床のほとりでお茶を点てる湯気のこまやかさが身にしみる。

秋の夜長をうらむ人などいない。そこで南窓の前で燭《あかり》の芯を剪《き》りついで、語り明かすことにいたしましょう。

臘月二日叔問子見恵芋及李余略之賦以答
（臘月二日　叔問子《しゅくもんし》より芋と李とを恵まる　余は之を略し賦して以て答う）

上山采束薪
帰来日已傾
誰以李与芋

山に上《のぼ》りて　束薪を采《と》り、
帰り来《きた》れば　日すでに傾く。
誰か李《すもも》と芋《いも》とをもって、

投之窓下棚
李盛以袋芋青芻
別有一紙題姓名
山中連日無兼味
偶得菜根只蔓菁
急著釜底下塩豉
飢腸灑来恰如餳
三盌喫了稍知飽
惟恨詩人不携罌
余留二分蔵厨下
捫腹逍遙再経営
却後六日成道会(1)
不知何以表丹誠
渠儂尋常之供物
多求隣寺又市城
市城歳晩価十倍
傾尽家資不盈贏

これを窓下の棚に投ぜる。
李は盛るに袋をもってし　芋は青芻《せいすう》、
別に一紙あり　姓名を題す。
山中連日　兼味なし、
たまたま菜根を得れども　ただ蔓菁《つるかぶら》のみ。
急ぎ釜底に著けて　塩豉《えんし》を下す、
飢腸《きちょう》に灑《そそ》ぎ来《こ》むこと　あたかも餳《あめ》のごとし。
三盌喫《わんきつ》しおわりて　やや飽くを知る、
ただ恨むらくは　詩人の　罌《おう》を携えざるを。
二分を余留して　厨下《ちゅうか》に蔵し、
腹を捫《な》でて逍遙し　再び経営す。
却後六日は　成道会《じょうどうえ》、
知らず　何をもってか　丹誠を表さん。
渠儂《かれら》は　尋常の供物も、
多くは隣寺《りんじ》または市城に求む。
市城は歳晩なれば　価は十倍し、
家資を傾け尽くすも　贏《えい》に盈《み》たず。

今年幸以故人昵
供養西天古老生(2)
借問供養其如何
李充茶菓芋是羹

今年は幸いに故人の昵《たまもの》をもって、
西天の古老生に供養せん。
借問《しゃもん》す　供養は　それ如何《いかん》、
李《すもも》は茶菓に充《あ》て　芋はこれ羹《こう》にせん。〔庚・陽・庚韻〕

〔訳〕十二月二日　叔問《しゅくもん》殿が芋と李をくださる。私はこれを頂戴して詩を賦《よん》で返礼とする
山に上《のぼ》って薪《たきぎ》を拾い、帰ってくると日がもう傾いていた。

私の留守に誰が李と芋とを窓下の棚に入れていったのかしら。

李はふくろに入れ、芋は真菰《まこも》に包んである。別に紙片に贈り主の姓名がしたためてあった。

毎日々々の山家《やまが》暮らしでは、御数《おかず》がなくなり、たまたま野菜を手にできたとしてもただつる菁《かぶら》ぐらいのもの。

それをいそいで釜の底につけて、塩ぬかをふりかける。これをすき腹に、まるで飴《あめ》のように流しこむ。

三膳たべ了って、やや満腹気味になり。これで詩人の叔問が酒徳利を携えてきてくれたらなあ——と。

半分をあまして勝手の下に蔵《しま》い、みちたりたお腹をなでて歩きながら、残りの使いみちを考える。

今日から六日経《た》つと成道会《じょうどうえ》だ。仏前に何を供えてま心を表そうかと案じていた矢先である。

施主たちは、平常のお供えも、多くは隣寺か町へ往って求めている。

町では今や年の暮れで物価はふだんの十倍だ。これでは家資《たくわえ》を根こそぎ出しても竹籠に一ぱいの物すら満たせない。

今年は幸いに親しい人からこのような贈り物をもらったので、これをお釈迦さまに献じて供養としよう。どんな風に供養するのだと問われるなら、李はお茶うけに、芋はあつものにしようと思う。

（1）釈尊が菩提樹《ぼだいじゅ》下でさとられた十二月八日に行う法要。

（2）釈尊。

贈天放老人（1）（天放老人に贈る）

無能生涯無所作
国上山顚托此身
他日交情如相問
山田僧都（2）是同参

無能の生涯　作《な》すところなく、
国上《くがみ》の山顚《いただき》に　この身を托す。
他日交情　もし相い問わば、
山田の僧都《かかし》　これ同参。〔真・侵押韻〕

〔訳〕天放老人に贈る

能なしものの生涯は、なんのなすところもなく、ただ国上《くがみ》の山上で生かされているだけのこと。後日、親しい友人が、私の消息を尋ねたら、山田守《も》る案山子《かかし》と一緒の明け暮れをしていると伝えてほしい。

（1）西蒲原郡粟津村の儒者鈴木隆造。桐軒と号し詩文をよくし、医を業とした。

（2）山田のかかしのこと。道元禅師の『傘松道詠』に「守るとも思はずながら小山田のいたづらなりぬ僧都なりけり」とある。

又（又）

千峰凍雲合
万径(1)人跡絶
毎日只面壁
時聞灑窓雪

千峰　凍《とう》雲合し、
万径《ばんけい》　人跡絶えたり。
毎日　ただ面壁、
時に聞く　窓に灑《そそ》ぐ雪を。〔入声屑押韻〕

〔訳〕又

多くの峰々に冷たい雲が凝結し、それが雪となって降りしきり、どこもかしこも雪に覆われ、径《みち》往く人もいない。

お蔭で私は、毎日ただ坐禅を組んでいるだけ。けれども時には、雪の窓うつ音に、じっと耳を傾けることもある。

（1）唐の柳宗元「江雪」が偲ばれる。

大忍(1)俊発人
屢話僧舎中
自一別京洛

大忍《だいにん》は　俊発の人、
しばしば話《かた》れり　僧舎の中に。
一《ひと》たび京洛《けいらく》に別れしより、

消息杳不通

〔訳〕 消息 杳《よう》として通ぜず。〔東押韻〕

大忍は聡明な人物であった。たびたび叢林（僧堂）の中で語り合ったっけ。だが京都でひとたび別れてから、その後の様子が長いこと一向に伝わらないので気がかりである。

（1） 越後尼瀬の小黒氏。のちに武州矢島村、曹洞宗慶福寺に住す。文化八年示寂、三十一歳。

有懐 （有懐）

鵬斎(1)倜儻(2)士
何由此地来
昨日鬧市裏
携手笑咍々

〔訳〕 鵬斎《ほうさい》は 倜儻《てきとう》の士、
何に由りてか この地に来る。
昨日 鬧市《どうし》の裏《うち》、
手を携えて 笑 咍々《かいかい》たり。〔灰押韻〕

懐かしさを覚えて

亀田鵬斎は、才があり太っ腹な男だ。どういう風の吹きまわしで、こんな所へやって来たのかしら。昨日、にぎやかな街中を一緒に歩いていた時、たわいもないことで、からからと笑い倒《こ》けたっけ。

（1） 江戸の儒者亀田長興。文化六年に良寛を五合庵に訪れた。書を能《よ》くしたが、良寛によって書風が冴えた。

（2） 才気がすぐれ、ものに拘束《こうそく》されない人。

襤褸又襤褸
襤褸是生涯
食裁取路辺
家実委蒿萊
看月終夜嘯
迷花言不帰
自一出保社
錯為箇駑駘

襤褸《らんる》　また襤褸、
襤褸　これ生涯。
食《じき》はわずかに　路辺に取り、
家は実に　蒿萊《こうらい》に委《ゆだ》ぬ。
月を看て　終夜　嘯《うそぶ》き、
花に迷うて　ここに帰らず。
一《ひと》たび保社を出でしより、
錯《あやま》って箇《こ》の駑駘《どたい》となる。〔佳・灰・微押韻〕

〔訳〕

ぼろ又ぼろ。ぼろ衣の生涯が、私のすべてだ。

食物は、僅《わず》かに路傍で与えてもらい、住み家のぐるりは、実に蓬《よもぎ》の繁るにまかせてある。

その代わり月を眺めては、よもすがら詩歌を口ずさみ、美しい花を追い求めていくうちに路に迷ってしまい庵に帰れずじまいのこともある。

一《ひと》たび修行場の寺(円通寺)を去ってから、こと志と違って、役たたずの人間となり果てた。

夢左一覚後彷彿　（左一を夢み覚めて後　彷彿たり）

二十余年一逢君　　二十余年にして　一《ひと》たび君に逢えり、
微風朧月野橋東　　微風朧月《ろうげつ》の　野橋の東に。
行々携手共相語　　行く行く手を携えて　共に相い語り、
行至与板八幡宮(1)　行きて与板《よいた》の八幡宮に至りぬ。〔東押韻〕

〔訳〕左一の夢を見た後、ありありと思い出して
愛《いと》しい其方《そなた》に別れてから二十余年。ふと夢の中でそなたに逢えたよ。ところは野橋の東、そよ風の吹くおぼろ月夜の一刻《いっとき》だった。
道みち互いに手をとり相い語らいながら、いつのまにか与板の八幡宮まで来てしまっていた。

（1）越後三島郡与板町の八幡宮。

上巳日遊輪氏(1)別墅有懐左一　（上巳《し》の日　輪氏の別墅《べっしょ》に遊び左一を懐《おも》う有り）

与子(2)従少小　　子《し》とは少小より、
共有煙霞期　　共に煙霞の期あり。

子已帰黄泉
我尚守林扉
維時暮春初
飛錫此地来
倉庚何喈々
楊柳正依々
拾翠誰家女
載酒何処児
凡百雖異品
亦各嘉其時
嗟我独何為
惆悵自不持

子はすでに　黄泉に帰《おもむ》き、
我はなお　林扉《び》を守る。
これ時　暮春の初、
錫を飛ばして　この地に来る。
倉庚《そうこう》　何《なん》ぞ喈々《かいかい》たる、
楊柳　まさに依々たり。
翠《すい》を拾うは　誰が家の女《むすめ》ぞ、
酒を載するは　何処《いずこ》の児ぞ。
凡百　品を異にすといえども、
またおのおの　その時を嘉《よみ》せり。
ああ我　ひとり何をか為さん、
惆悵《ちゅうちょう》として　みずからを持せじ。〔支・微・灰押韻〕

〔訳〕　三月三日の節句の日、三輪氏の別荘を訪れ、左一を懐かしく思い出して
子《きみ》とは小さい時から、ともに山水の勝景《しょうけい》に親しみ、俗界を離れ真実の世界を再現しようという約束をしていた。
しかるに子《きみ》はそれを果たさず、先にあの世に旅立った。そして私だけがまだ柴の戸を守りつづけている。
時あたかも霞たつ晩春のはじめ、遠出《とおで》して子《きみ》の生地与板町にやって来た。

この地の鶯はなんと和やかに囀り、楊柳もほんとにしなやかになびいている。翠羽《かわせみのはね》を拾っているのは、どこの娘さんであろうか。そして酒を持ち運んでゆくのは、どこの若い衆《しゅ》であろうか。

ものみなは、地位や身分の違いはあっても、それぞれにめいめいが春の季節を賞《め》でている。それにひきかえ、期待を持たない私は、ただ春の最中に何をしたらよいのか。悲しみのみがこみあげてきて、自分で自分が抑えきれなくなった。

（1）三輪氏。

（2）三輪左一。

春夜対雪懐友人（春夜　雪に対して友人を懐う）

春宵夜将半
殊覚寒侵肌
地炉孰添炭
浄瓶手慵移
徐々整衣裳
軽々推柴扉

春宵　夜まさに半《なか》ばならんとし、
殊に覚ゆ　寒さの肌《はだえ》を侵《おか》すを。
地炉《じろ》に　たれか炭を添えるや、
浄瓶《じんびん》を　手ずから移すに慵《ものう》し。
徐々に　衣裳を整え、
軽々に　柴扉《さいひ》を推す。

千岩同一色
万径絶人行
傍竹密有響
占梅欲尋香
寥々孤興発
与孰慰平生
所思在天末
援翰聊馳情
愧非陽春調
漫汚高人聴

千岩　同一の色、
万径《ばんけい》　人の行くこと絶《た》えたり。
竹に傍《そ》えば　ひそかに響あり、
梅を占《うかが》いて　香を尋ねんと欲す。
寥々《りょうりょう》として　孤興発《おこ》るも、
たれとともにか　平生《へいぜい》を慰めん。
思うところは　天末にあり、
翰《ふで》を援《と》りて　いささか情《こころ》を馳《や》る。
愧《は》ずらくは　陽春の調《しらべ》にあらずして、
みだりに高人の聴《てい》を汚《けが》さんことを。〔支・微・庚・陽・青押韻〕

〔訳〕　春夜、雪を目のあたりにして、友を懐しむ

早春の宵《よい》も更《ふ》けて夜半ともなると、肌《はだえ》にしみる寒さは、殊にきびしい。

囲炉裏《いろり》に炭をついでくれる人もなく、ひやりとする水差しを手にとって、動かすことさえ物憂い。

ぼちぼちと着物を着かえ、身がるに枝折戸《しおりど》を押して外に出る。

目に映るどの岩も雪で白一色となり、どの路も人の往き来した様子がない。

竹やぶに添って行けば、積雪をはらい落とす笹の葉の音が、かすかにしじまを破る。また梅の木はどうなっているのかとその香を求めてみる。

このようなさびさびとした中にも、私なりの興が湧いてはくるが、好《よ》き友が身近にいてくれたら、どんなにかこの日常が慰められることか。

我が思う友は、遠い天の彼方の果《はて》におられる。そこで筆をとって、いささか今宵の気持ちを記してみたまでのこと。

ただ私の詩は、白雪陽春の曲のように高尚な調べをうまくうち出せない。ために貴下のお耳を汚すこととなりはせぬかと、恥ずかしく思う。

正月十六日夜贈維馨老(1)　（正月十六日の夜　維馨老に贈る）

春夜二三更
等間出柴門
微雪覆松杉
孤月上層巒
思人山河遠
含翰思万端

春夜　二三更、
等間《なおざり》に　柴門《さいもん》を出づ。
微雪　松杉を覆《おお》い、
孤月　層巒《そうらん》に上《のぼ》る。
人を思えば　山河遠く、
翰《ふで》を含めば　思《おもい》　万端。〔元・寒押韻〕

〔訳〕　一月十六日の夜、維馨老に贈る

ひさかたの春は夜ふけて二三更、なんとなくぶらりと草庵を立ち出でてみる。

緑なす松杉に残雪が綿帽子のようにかかり、天《あま》の原をとわたる孤月が、山なみに上《のぼ》っている。

幾山河へだてた老尼を思い出しているが、彼の地のなんと遠いことか。便りを出したいと、硯《すずり》を寄せ筆を手にしたが、万感去来して何と認《したた》めたものか思案に暮れるばかり。

（1）当時、江戸に出て大蔵経購入に奔走していた維馨尼《いきょうに》に贈った詩。尼は与板の大坂屋三輪長高権平九代目の娘、嫁いだが夫に死別して出家。左一の姉。

古意（古意）

幽蘭生庭階
芳馨襲我堂
夙起采其英
采々盈衣裳
不辞衣裳霑
欲持貽清揚（1）
清揚清揚今安在
山青水緑正断腸

幽蘭《ゆうらん》　庭階に生じ、
芳馨《けい》　我が堂を襲う。
夙《つと》に起きて　その英《はなぶさ》を采《と》り、
采《と》り采《と》りて　衣裳に盈《み》つ。
衣裳の霑《うるお》うを辞せず、
持して清揚に貽《おく》らんと欲す。
清揚　清揚　今いずくにかある、
山青く水緑にして　まさに腸《はらわた》を断《た》つ。〔陽押韻〕

〔訳〕　昔を思う心

奥ゆかしい蘭が庭の階段《きざはし》のそばに生えている。そのよい香りが、我がお堂にまで漂ってくる。朝早く起きて、その花の房を切りとり、沢山採って衣の袖にいっぱいにした。我が衣手が露に濡《ぬ》れるのも厭《いと》わずに。そしてこの花房を持ってゆき、あの美しい女《ひと》に贈りたいと思う。美しい女《ひと》よ、愛しい女《ひと》よ、あなたは今どこにいらっしゃるのですか。山は青く、水は緑で昔と少しも変わらない。なればこそ、腸《はらわた》がちぎれんばかりにわが心は傷みにいたむ。

（1）目がすずしく眉の美しい美人の形容。月を美人の形容にたとえる詩もある。また意中の女《ひと》を月にたとえることもある。維馨尼ならんか。

弔子陽先生墓（1）（子陽先生の墓を弔う）

古墓荒岡側
年々愁草生
灑掃無人侍
適見芻蕘（2）行
憶昔総角歳
従遊狭水傍
一朝分飛後

古墓　荒岡の側《ほとり》、
年々　愁草《しゅうそう》生ず。
灑掃《せいそう》して　人の侍するなく、
たまたま芻蕘《すうじょう》の行くを見る。
憶《おも》う昔　総角の歳、
従い遊ぶ　狭水《せばかわ》の傍《かたわら》。
一朝　分飛して後、

消息両茫々
帰来為異物
何以対精霊
我灑一掬水
聊以弔先生
白日忽西沈
山野只松声
徘徊不忍去
涕涙一沾裳

消息　ふたつながら茫々《ぼうぼう》たり。
帰り来れば　異物となる、
何をもってか　精霊《しょうりょう》に対《こた》えん。
我　一掬《きく》の水を灑《そそ》ぎ、
いささかもって　先生を弔《とむら》わん。
白日　忽ち西に沈み、
山野　ただ松声のみ。
徘徊《はいかい》して　去るに忍びず、
涕涙《ているい》　一に裳《もすそ》を沾《うるお》す。〔庚・陽押韻〕

〔訳〕　子陽先生の墓を弔う

古いお墓が荒れて草ぼうぼうの岡の辺《ほとり》にある。そこには、年毎に哀《かな》しげな草が生いしげる。水をかけ、掃き掃除してあげる人もいず、たまたま草刈りや樵夫《きこり》が通るのが見えるだけである。思えば、少年のころ狭川塾《せばかわ》で先生について教えをうけたことが偲《しの》ばれる。それが一旦お別れ申してからというもの、消息がお互いに杜絶《とだ》えてしまった。そしてにいま修行から帰って来てみれば、先生は亡くなっておられた。どうしたならば、なき先生の御霊《みたま》に応《こた》え奉ることができようか。一掬《ひとすくい》の水をお墓にそそぎ、いささかなりとも先生の御霊を弔《とむら》い申し上げよう。

陽は、たちまち西に沈み、残された山野には、ただ、松風のひびきのみがうら悲しい。
去りがたくて墓前を行きつ戻りつして、一すじの涙で衣の袖を濡らしてしまった。

（１）地蔵堂の大森子陽。北越四大儒の一人、良寛が和漢の学を学んだ師。墓は、三島郡寺泊町東新田にある。
（２）草刈り人と木こり。

還郷（郷に還る）

出家離国尋知識
一衣一鉢凡幾春
今日還郷問旧友
多是北邙(1)山下人

家を出で国を離れて　知識を尋ぬ、
一衣と一鉢と　すべて幾《いく》春ぞ。
今日郷に還《かえ》りて　旧友を問えば、
多くはこれ　北邙《ほくぼう》　山下の人。〔真押韻〕

〔訳〕郷《ふるさと》に還る

私は出家して故国を離れ高僧の門を叩いた。こうして一衣一鉢という雲水の生活を全部で何年くらい続けたことであろうか。

今ここ故郷に帰り、旧友を訪れてみると、大半はお墓の中の人となってしまった。

（１）洛陽の都の北にあった墓地。転じて墓地をいう。

病中　（病中）

苦吟信如涼秋虫
詩成幾怪格調漫
世上今無大忍子
誰人為余防客難

苦吟《くぎん》　まことに涼秋の虫のごとし、
詩成りていくたびか怪《あや》しむ　格調の漫《みだり》なるを。
世上　今なし　大忍子《だいにんし》、
誰《た》れ人か余がため　客難を防がん。〔寒押韻〕

〔訳〕　病中

詩を苦吟していると、覚束《おぼつか》なくてまことに秋の虫のすだくのに似て切ない。出来上がった詩をみると、格調が乱れていて、いくたびか自分の才能を怪しまざるをえない。

こうした時に、大忍師がいてくれればよかったがなあと思うが、いまやこの仁《ひと》はいない。この仁をおいては、私のために世上の嗤《わら》いを庇《かば》ってくれるような、情の厚い人は誰もいなくなってしまった。

八、頌徳題讃・招魂挽歌　（故人の徳をしのびたたえる・故人の霊に思いをささげる）

聴於香積山(1)有無縁法事随喜(2)作　（香積山《こうしゃくさん》に於《おい》て無縁の法事ありと聴き　随喜の作）

無縁法事行香積
梵音哀雅荘香幡
薄暮有人与板帰
唯言歓喜結良縁
借問此会主是誰
総是供養弁侯門
我聞此語頻落涙
信知当時愷悌君

無縁の法事　香積におこなわる、
梵音　哀雅　おごそかな香幡。
薄暮《はくぼ》　人あり　与板《よいた》より帰り、
ただ言う　歓喜《かんき》　良縁を結べりと。
借問《しゃもん》す　この会《え》の主《あるじ》はこれ誰《た》そと、
すべてこの供養は　侯門より弁ぜりと。
我この語を聞いて　しきりに落涙す、
信《まこと》に知る　当時　愷悌《がいてい》の君なるを。〔元・先・文押韻〕

〔訳〕　香積山《こうしゃくさん》徳昌寺で無縁の法事が営まれると聴き、その善行を心から喜んで作る
与板の徳昌寺で無縁供養の法要がいとなまれ、読経の声は、哀調のうちにも雅趣がただよい、荘厳《しょうごん》用具の

幢幡《どうばん》は美しい。

暮れがた与板から帰ってきた人がただ、「悦《よろこ》ばしきかぎりだ。良い仏縁を結ばせていただいたから」という。私が、「この法要のお施主さんは、どなたでしたか」と尋ねたところ、「今日の御供養はみんな与板侯がなさいました」とのこと。

私は、その言葉を聞いて頻りに涙が流れてきた。そして与板侯は、やはり領民に和らぎを与えて下さる名君であることが、よくわかった。

（1） 三島郡与板町、曹洞宗徳昌寺。
（2） 人の善事をなすを見て喜ぶこと。

八助（八助）

金銀官禄還天地
得失有無本来空
貴賤凡聖同一如
業障輪廻報此身
苦哉両国長橋下
帰去一川流水中

金銀官禄　天地に還《かえ》る、
得失有無《うむ》　本来空《くう》なり。
貴賤凡聖　同じく一如、
業障輪廻《ごうしょうりんね》　この身に報《むく》ゆ。
苦しいかな　両国長橋の下、
帰りゆきぬ一川　流水の中に。

他日知音若相問　　他日　知音《ちいん》　もし相い問わば、
波心明月主人公　　波心の明月　主人公と。〔東押韻〕

〔訳〕　八助

お金や地位などは、身につけても一時のこと、何《いず》れ一切は天地の有に帰する。また、得失とか、有無というものも絶対的な価値ではなく本来、空《むな》しいものである。。

貴賤とか、凡夫聖人などの別も同じこと。過去の業障がめぐりめぐって、現身《このみ》に報われるのである。さぞや苦しかったことであろう。両国橋の橋桁《はしげた》のもとを棲家《すみか》としていた八助が、あたら流水の中におのれの一命を失ったとは。

しかし他日、気心の知れた親しい人が、「八助のことをどう思うか」と問うてくれるなら、「彼こそは波に随って生き、浪に逆《さか》ろうこともなく往生《おうじょう》したので、本来空なる生き方をしたよい男であった」と答えよう。

霊照女(1)（霊照女《りょうしょうじょ》）

有女有女字照女　　女《むすめ》あり女あり　照女と字《な》づく、
不仮紅粉転新鮮　　紅粉を仮らず　うたた新鮮。
毎日晨朝携籃去　　毎日晨朝　籃《かご》を携えて去《ゆ》く、
蕭灑生涯実可憐　　蕭灑《しょうしゃ》たる生涯　実に可憐《かれん》なりき。〔先押韻〕

〔訳〕 霊照女《りょうしょうじょ》

昔(唐の襄陽〔湖北省〕という処に)、娘さんがいて、その名を照女《しょうじょ》といった。紅白粉《べにおしろい》をつけなくても、いつもういういしく、みめ美しかった。

毎日、朝早く魚籃《かご》をもって市まで売りに行っていたのだが、そのさらりとした生涯は、ほんとに可憐で愛すべきものだ。

(1) 唐の龐蘊居士《ほうおんこじ》(石頭希遷、馬祖道一に参じ悟境に達し、中国の維摩居士《ゆいまこじ》と称さる)の女。父に参禅し、魚籃を市に売り歩いて孝養をつくした。

南山(1)有梧桐
喬々数千尋
昨忝衛人(2)顧
剪作白雲琴
一弾徹江海
再弾華寒枝
三弾入大雅
冥々不可期
不辞弾手繁

南山に　梧桐《ごどう》あり、
喬々《きょうきょう》として　数千尋。
昨《かつて》　衛人《えいじん》の顧《こ》を　忝《かたじけな》くし、
剪《き》られて　白雲の琴となれり。
一《ひと》たび弾《ひ》けば　江海に徹《とお》り、
再び弾けば　寒枝に華《はな》さかす。
三たび弾けば　大雅に入り、
冥々《めいめい》として　期すべからず。
弾手の繁《しげ》きを辞せず、

祇恨知音稀　ただ恨《うら》むらくは　知音《ちいん》　稀《まれ》なることを。
素月有臨戸　素月　夕べに戸に臨み、
韶風夙抽枝　韶風《しょうふう》　夙《つと》に枝を抽《ひ》く。
鍾子(3)与延陵(4)　鍾子《しょうし》と延陵《えんりょう》と、
一去無帰期　一たび去りて　帰る期《とき》なけん。〔侵・支押韻〕

〔訳〕

南山にあお桐の樹があり、高々と雲つくほどに枝が伸びていた。ところが、ある時これが大工の目にとまり、伐り倒されて、かの白雲の琴となった。これを一度《ひとたび》弾けば、江にも海にもひびきわたり、再び弾けば春がたちかえったように、枯枝にも花を咲かせるほどであった。

三たび弾けば『詩経』大雅の世界へと誘《いざな》い、深い夜陰に融《と》け去るような思いにさせ、もう一度旋律をと焦《こが》れさせる。

弾く手あまたもいといはしないが、白雲琴のかなでるこの絶妙な音を聴き分けることができ、なお感動してやまない相手が稀れなのが、なんとしても恨めしい。

秋の夕べに白い月光が門《かど》ぐちに訪れたかと思うと、早くも春のうららかな風が樹々の枝を伸ばす。このように季節はめぐる。

だが鍾子期《しょうしき》も延陵の季札《きさつ》もすでにこの世を去ってしまい、再びもどってくる時とてもない。

（1）陝西省長安城の南にある終南山。
（2）郢《えい》人とも書く。大工のこと。
（3）鍾子期、春秋時代、楚の人。琴の名手である親友の伯牙は、自分の弾く琴の音をよく聴き分けてくれた鍾子期の死を悲しみ、弦を断って再び琴を弾じなかったという。知音とはこの両人から出た言葉。
（4）地名。江蘇省武進県にある。ここでは春秋時代、呉の王子の季札をさす。信義を重んじた人。

草虫何嚶々　草虫《そうちゅう》　何《なん》ぞ嚶々《ようよう》たる、
煙火弁四隣　煙火　四隣を弁《あか》す。
焼柴終遙夕　柴を焼《た》いて　遙夕《ようせき》を終え、
織蓆給来春　蓆《むしろ》を織りて　来春に給す。
合家団欒話　合家　団欒《だんらん》の話、
無偽亦無真　偽《ぎ》もなく　また真もなし。
不似城中士　似ず　城中の士、
磬折錯此身　磬《けい》の折《まが》りて　この身を錯《みが》くに。〔真押韻〕

〔訳〕

草むらでは虫の声がなんと賑わしいことよ。暗くなり畑仕舞いで煙焼《けむや》きをしている火が、あたりをあかあかと映《は》えさせている。

家に帰ると、炉端《ろばた》で柴をたいて秋の夜ながを語り合い、来春の用意にむしろを織る。

家中の楽しげなまどいの語らいは、素っ裸な心の触れ合いで、真か偽かの弁別や駈引《かけひき》などの立ち入る隙間《すきま》すらなく、もって生まれた天真らんまんの姿である。

町中《なか》の身分のある紳士が、長上に阿《おもね》り、本来の自己を曲げてまでする偽りの図とは、似ても似つかぬ清潔さである。

孔子賛(1)（孔子賛）

異哉　　異なるかな、
瞻之在前　　これを瞻《み》れば前に在り、
忽然在後　　忽然《こつぜん》として　後《しりえ》に在り。
其学也切磋琢磨　　その学や　切磋琢磨、
其容也温良倹譲　　その容《すがた》や　温良倹譲《けんじょう》、
上無古人下無継人　　上に古人なく　下に継《つ》ぐ人なし。
所以達巷纔嘆無名　　所以《ゆえ》に達巷《たっこう》は　わずかに無名を嘆じ、
子路(2)徒閉口　　子路《しろ》は　いたずらに口を閉《と》ず。
孔夫子兮孔夫子　　孔夫子《こうふうし》　孔夫子、

太無端　　　　はなはだ端《たん》なし。
唯有愚魯者　　ただ愚魯なる者あり、
彷彿闚其室　　彷彿《ほうふつ》として　その室を闚《うかが》う。〔無押韻〕

〔訳〕

まことに珍しいお方だ。孔子様を望み瞻《み》ると、前にみえたかとおもうと、とたんに後の方にもみえてくる。（偉容はつかまえどころがない）。

その学問といえば、頭だけで考えたものではなく、実生活に即して考えぬかれ、切磋琢磨されたものであり、人がらといえば温和で謙譲で、また約《つま》しく、頭《ず》がひくい。

このようなお方は、孔子様以前にも見当たらず、またこの先もこの学徳をつぎうる人は、出ますまい。だから達巷村の人たちは、孔子様が特に秀れた専門家という肩書きをお有《も》ちにならないのを嘆いたりした。また弟子の子路が、葉公《しょうこう》から師のことを尋ねられたとき、孔子様の偉大さを説き明かしようがなくて、仕方なく黙っていたのだ。

孔子様、孔子様。あなた様は、些《いささか》の短所もなく極めて円満であられる。

ただ私には、愚直魯鈍の高柴《こうさい》や曾参《そうしん》などの人物がいたので、かえって孔子様の奥深い家風の一端が窺《うかが》い得るように思われる。

（1）　中国、儒教の祖。名は丘、字は仲尼。山東省曲阜の人。仁を説く。

（2）　孔子の弟子。姓は仲、名は由。路はその字。衛に仕えて南子の乱に死す。

芭蕉(1)　(芭蕉)

是翁以前無此翁　　この翁以前に　この翁なく、
是翁以後無此翁　　この翁以後に　この翁なし。
芭蕉翁兮芭蕉翁　　芭蕉翁よ　芭蕉翁、
使人千古仰此翁　　人をして千古　この翁を仰がしむ。〔東押韻〕

〔訳〕　芭蕉

この(偉大なる)芭蕉翁以前にこのような人はなく、またこの翁以後にこのような人は出ない。偉大なる芭蕉翁よ、芭蕉翁。人は末長く後の世までもこの翁を鑽仰《さんごう》することであろう。

(1)　俳人松尾芭蕉(一六四四—九四)

杜甫子美(1)像　(杜甫子美の像)

憐花迷柳浣花渓(2)　　花を憐《あわ》れみ柳に迷う　浣花渓《かんかけい》、
馬上幾回酔戯謔　　馬上幾回か　酔うて戯謔《ぎぎゃく》す。
夢中尚猶在左省(3)　　夢中なおなお　左省に在り、

諫草々了筆且削　　諫草《かんそう》を草し了《おわ》るも　筆《ひっ》しかつ削《けず》る。〔無押韻〕

〔訳〕杜甫子美の像

杜甫は浣花渓に在《あ》っては、花をいとおしみ、柳の緑に心迷う風流を楽しみ、何回馬に乗りながら、酔い、戯《ざ》れ言《ごと》を吐いたことか。

だが夢の中でもなお門下省にいるつもりで、天子を諫め奉る文章を書き上げ、なおも推敲を重ねていたようである。

（1）唐の人（七一二―七七〇）。詩聖といわれる。字《あざな》は子美。杜少陵《としょうりょう》とも。
（2）杜甫が退官後、四川省成都に仮寓したところ。
（3）門下省、左拾遺といい政治について天子に諫める官。唐代の官制の一。

仙桂和尚（1）　（仙桂《せんけい》和尚）

仙桂和尚真道者　　仙桂和尚は　真の道者、
黙不言朴不容　　黙して言わず　朴《ぼく》にして　容《かたちつく》らず。
三十年在国仙会　　三十年　国仙の会《え》ありて、
不参禅不読経　　参禅せず　読経《どきょう》せず。
不道宗文一句　　宗文の一句だに道《い》わず、

作園菜供大衆　園菜を作りて　大衆《だいしゅ》に供す。
当時我見之不見　当時　我　これを見て見ず、
遇之不遇　これに遇いて遇わず。
吁呼今効之不可得　ああ　今　これに効《なら》わんとするも得べからず、
仙桂和尚真道者　仙桂和尚は　真の道者。〔無押韻〕

〔訳〕　仙桂《せんけい》和尚

仙桂和尚は、ほんものの仏道修行者だ。黙々として心にないことは、一言《ひとこと》も言わず、ありのままで飾り気《け》がなかった。

三十年も師国仙和尚の会下《えか》にいて、参禅もせず、読経《どきょう》もしなかった。宗門の教えの一言半句すらも説き立てず、ただ菜園を作って雲衲(雲水修行僧)たちに食料を供していた。その当時、私も同じ国仙和尚の会下にあって、仙桂和尚の日常を見ていながら、その偉大さが分からず、なにも見ていないのと同じであった。こうしたことは、せっかく仙桂和尚のようなお方にお遇いする機会を得ながら、お遇いしていないにも等しいことであった。

ああ私は、この年齢になって、仙桂和尚を見習って、いま再び修行したいと思っても不可能である。仙桂和尚は、真《まこと》に悟《さと》られた道人であった。

（1）　円通寺国仙和尚の法嗣。良寛の師兄《すひん》。終生国仙和尚に随侍し文化元年(一八〇四)十月十六日円通寺で示寂。山麓の水月庵に葬る。

題義士実録末　（義士実録の末に題す）

捨生取義古尚少　生を捨てて義を取る　古《いにしえ》なお少なし、
況又四十有七人　いわんやまた　四十七人においてをや。
一片忠心不可転　一片の忠心　転ずべからず、
令人永思元禄春　人をして永く元禄の春を思わしむ。〔真押韻〕

〔訳〕　義士実録を読んで末尾に記す

一命を捨て大義に生きるということは、昔でもやはり稀《まれ》なことであった。ましてや四十七人もの大勢が一命をかえりみず大義を全うしたなどというのは、本当にめずらしい。

彼等の一片の忠義の精神は、なにものにも動かされなかった。だからこそ後世の人に、いつまでも元禄時代の快挙の春のことを思慕させるのである。

恭聴於香積精舎(1)行無縁供養遙有此作有文政十一戊子冬十一月十二日地震後

（恭しく香積《こうしゃく》精舎《しょうじゃ》において無縁供養の行《おこな》わるるを聴き遙かにこの作あり　文政十一戊子冬十一月十二日地震後にあり）

香積山(2)中有仏事
預選良晨建殺竿
受風宝鐸(3)丁東鳴
交文幢幡(4)参差懸
梵音哀雅鉦磬起
古殿窈窕栴檀薫
僧侶森々霜雪潔
往来綿々群蟻牽
靉靆法雲覆瓦甍
繽紛雨華翻山川
讃歎声融連底水
歓喜心回艶陽天
昨夜有人与板帰

香積山中に　仏事有り、
あらかじめ良晨を選んで　殺竿《はたざお》を建《た》つ。
風を受くる宝鐸《ぬで》は　丁東《ちんとん》として鳴り、
交文《あやある》の幢幡《はた》は　参差《しんし》として懸《かか》る。
梵音《ぼんのん》哀雅にして　鉦磬《しょうけい》起こり、
古殿　窈窕《ようちょう》として　栴檀《せんだん》薫《かお》る。
僧侶　森々《しんしん》として　霜雪　潔《いさぎよ》く、
往来　綿々として　群蟻ひくがごとし。
靉靆《あいたい》たる法雲は　瓦甍《がぼう》を覆《おお》い、
繽紛《ひんぷん》たる雨華《うか》は　山川に　翻《ひるがえ》る。
讃歎の声は融《とお》りて　底水に連なり、
歓喜の心は回《めぐ》る　艶陽《えんよう》の天に。
昨夜人あり　与板《よいた》より帰り、

只道今日結良縁
借問法会主是誰
都此供養自(5)侯門
吾聞是語仍歎息
誠哉当時愷悌君
浄弁供養請僧衆
今日好日好因縁看々
無礙法力渡苦海
多少亡霊生諸天

ただ道《い》う今日　良縁を結べりと。
借問《しゃもん》す　法会《ほうえ》の主はこれ誰《た》そと、
すべてこの供養は　侯の門よりすと。
吾　この語を聞き　仍《よ》って歎息す、
誠なるかな当時　愷悌《がいてい》の君。
浄《きよ》く供養を弁じて　僧衆を請《しょう》ず、
今日好日　好因縁　看《み》よ看よ。
無礙《むげ》の法力　苦海を渡《ど》し、
多少《あまた》の亡霊　諸天に生ずるを。〔寒・先・文・元・押韻〕

〔訳〕 香積山徳昌寺で無縁仏となった方々の供養が行われると拝聴し、遠くから恭《うやうや》しくこれを作る。文政十一年戊子の冬十一月十二日の地震の後のこと

香積山徳昌寺において法要が営まれた。あらかじめ吉日を選んで仏事が営まれるというその目じるしの幡《はた》が建てられていた。

本堂の軒に懸けてある宝鐸《ぬで》は、風にゆられてちんとんと鳴り、文章が書いてある柱懸けは、長短不斉《ふぞろい》に懸《かか》っていた。

法要が始まると、読経《どきょう》の声は哀調をおびて荘重に流れ、そこに鉦《かね》や引磬《いんきん》の音が調和し、奥深い内陣から栴檀香が薫ってくる。

僧侶たちは、しんと静まって坐につき、霜雪は浄《きよ》らかさを増す。寺に通ずる道は、法事に参加する人々で延々と列ができ、まるで多くの蟻ん子《こ》が引き連なっているようだ。

幽玄な法《のり》の雲が棚引いて寺の甍《いらか》を覆い、盛んに乱れ飛ぶ散華《さんげ》の雨が、山や川に翻《ひるがえ》っていくかのよう。

功徳《くどく》をたたえる讃歎の声は、池底の水にもとどくかのよう、そして一同の歓びにあふれる心は、晩春の空に転回《めぐ》るかのごとくであった。

昨夜、ある人が与板町から帰って来て、ただもう今日ばかりは有難い法縁を結ぶことができたと、告げてくれた。

そこで私がなにげなく法要の施主はどなたかと尋ねたところ、すべてこの供養は藩侯が営まれましたとのこと。

私はこの言葉を聞いて感心し、思わず歎息して、まことに藩侯は当代随一の心根のやさしい明君であらせられる、と。

清浄な心で多くの僧侶を屈請《およ》びしての供養。今日の佳《よ》き日の、よき因縁、ほら見て御覧なさい。

自由自在な功徳の法力《ほうりき》が、煩悩の苦海に堕《お》ちた者を救い、多くの霊《みたま》が天に、導かれゆくのを。

（1）越後三島郡与板町、曹洞宗徳昌寺。

（2）徳昌寺の山号。

（3）塔の四隅に懸ける大鈴。

（4）仏殿の荘厳に用いる幢と幡のこと。

（5）与板の藩主井伊侯。

聞左一順世（左一の順世を聞く）

微雨空濛芒種節
故人捨我何処行
不堪寂寥則尋去
万朶青山杜鵑鳴

微雨　空濛《くうもう》たり　芒種《ぼうしょう》の節《せつ》、
故人　我を捨てて　何処《いずく》にか行ける。
寂寥に堪《た》えずして　すなわち尋ね去《ゆ》くに、
万朶《ばんだ》の青山に　杜鵑《とけん》鳴く。（庚押韻）

〔訳〕　左一が親に順《つい》で逝ったことを聞く
　小雨つづきで、ものみな陰にこもるこの芒種の節季(陽暦六月五日ごろ)。親愛の情深かった貴方は、私を置き去りにしてどこへ行きなすったのか。
　寂しさに堪えかねて、故人の行方《ゆくえ》を尋ねて山中に分け入れば、鬱蒼《うっそう》としげる青山で、不如帰《ほととぎす》があの痛ましい声で啼《な》くばかりだ。

中元歌（中元の歌）

母(1)去悠々父(2)亦去

母去り悠々として　父もまた去る、

悽愴哀惋何頻々
唯余伯叔双姨母
伯号妙悟叔妙真
妙真去年五月逝
去歳中元妙悟存
冉々復至中元節
妙悟又作九原人
去歳去京為涕泣
今歳又移江湖浜
居移節換倍相思
萍跡暫留南北身
采蘋采蘋澗之滸
滴涙遠望紀水墳
払院修営蘭盆会
蕭々唄韻映朱幡
時亦涼風颯尓至
洗掃昏々六合塵

悽愴哀惋《えん》　何ぞ頻々《ひんぴん》たる。
ただ　伯叔《はくしゅく》と双姨母《そういぼ》を余すのみ、
伯は妙悟と号し　叔は妙真。
妙真は去年　五月に逝《ゆ》きぬ、
去歳の中元には　妙悟存せり。
冉々《ぜんぜん》として　また　中元の節に至る、
妙悟　また　九原の人と作《な》る。
去歳　京に去《ゆ》き　涕泣《ていきゅう》をなす、
今歳　また　江湖の浜《ほとり》に移る。
居移り節換《かわ》りて　ますます相い思う、
萍跡《ひょうせき》しばらく留まる　南北の身。
蘋《ひん》を采《と》り蘋を采《と》る　澗《たに》の滸《ほとり》、
滴涙遠く望む　紀水の墳《つつみ》。
院を払い営を修す　蘭盆会《らんぼんえ》、
蕭々《しょうしょう》たる唄韻《ばいいん》　朱幡に映ず。
時にまた涼風　颯尓《さつじ》として至り、
洗掃《せんそう》す　昏々たる　六合の塵を。

雨過蕉影横斜陽
依稀又見来格神
神享供已衆帰院
更結恬淡無為因
勧君莫永淪胥去
早艤川舟渡要津

雨過ぎて蕉影　斜陽に横たわり、
依稀《いき》としてまた見る　来格の神。
神　供《く》を享《う》け已《おわ》りて　衆　院に帰り、
さらに結ぶ恬淡《てんたん》　無為の因を。
君に勧む　永く淪胥《りんしょ》し去ることなかれ、
早く川舟を艤《ぎ》して　要津《ようしん》を渡れ。〔真・元・文押韻〕

〔訳〕　中元の歌

たらちねの母がみまかり、呆然としていたところへ厳《いつく》しの父もまた身罷《みまか》られた。悲しみや歎《なげ》きが、どうして次々とおきるのか。

もう、伯叔の二人のおばを残すのみとなった。伯母の法名は妙悟と号し、叔母は妙真という。その妙真もまた去年の五月に身罷《みまか》られた。去年の中元には妙悟はまだ存命であられた。歳うつり、また中元の節《とき》になったが、今や妙悟もまたあの世の人となってしまわれた。

私は去年（寛政七年）京都に赴《おもむ》き、父の法要に列して涙をしぼった。だが今年は、身を国上山のほとりに移している。

住居《すまい》が変わり、時が経つにつれ、いよいよ亡き肉親の誰彼がしのばれてくる。浮草のような我が身は、南に北にと暫《しばら》くずつ足跡をとどめている。

私は京の桂川のほとりで水草をささげて、心から父の亡き御魂《みたま》をとむらった。また遠く紀の川の国、高野山で涙とともに父の霊を偲《しの》んだことである。

お山では、山内を払い浄めて盂蘭盆会《うらぼんえ》の法要を営み、しめやかな読経の響きが朱い幡《はた》の色に映っていて、ちょうどよい折りであった。

時どき涼風が爽《さわ》やかに吹いてきて、闇《くら》く濁った煩悩の塵を掃き浄めてくれるようであった。

通り雨がすぎたあと、夕陽をうけた芭蕉の影が大地に横たわった様は、あたかも亡霊が供養を享《う》けに来たかのようにみえた。

御霊《みたま》が供養を享《う》けおわると、衆僧の散堂となる。この御供養のお陰で心安らかにさっぱりとして、無為無所得《むいむしょとく》(あるがまま)という素晴らしいご縁を結ばせて頂けたのである。

亡き御霊よ。どうぞいつまでも迷いに沈んでおられるな。一刻も早く渡し舟を準備して、迷いの此の岸から、悟りの彼の岸へとお渡りなされよ。

(1) 良寛の母秀子は佐渡相川の橘屋、山本庄兵衛の長女で、十七歳の時叔母にあたる出雲崎橘屋寿の養女となり、山本以南と結婚した。天明三年四月二十九日、四十九歳で歿した。

(2) 三島郡与板町割元庄屋、新木与五右衛門の二男で、泰雄、以南と号した。宝暦五年二十歳の時橘屋の養女秀子の入婿となった。名主、神主を勤めた。俳人。勤王の士で皇室の式微《おとろえ》を憤慨して『天真録』を著し、寛政七年七月二十五日桂川へ投身自殺した。

髑髏讃(1)

凡従縁生者縁尽滅
此縁従何生
又自前縁生
第一最初縁従何生
至此
言語道断心行処滅
吾持此語東家婆
東家婆不説
語西家翁
西家翁嚬眉去
試題胡餅与狗子
狗子也不喫
謂是不祥語縁与何
生与滅丸為一合相

（髑髏《どくろ》讃）

すべて縁より生ずるものは　縁尽くれば滅す、
この縁　何より生《しょう》ずるや。
また前縁より生ず、
第一　最初の縁　何より生ずるや。
ここに至りて、
言語道断《ごんごどうだん》　心行《しんぎょう》　処滅す。
吾　これを持ちて　東家の婆《おうな》に語る、
東家の婆　説《よろこ》ばず。
西家の翁《おきな》に語る、
西家の翁　眉をひそめて去る。
試みに胡餅《こびょう》に題して　狗子《くし》に与う、
狗子また喫《くら》わず。
謂《おも》う　これ不祥の語ならずや　縁は何に与《あずか》るやと。
生《しょう》と滅と　丸めて一合相《そう》となし、

与野辺髑髏
髑髏髑髏忽然起来
為我歌且舞
歌長三世引
舞妙三界姿
三界三世三弄了
月落長安半夜鐘

野辺の髑髏に与う。
髑髏髑髏　忽然《こつぜん》として起き来たり、
我がために　歌いかつ舞う。
歌は長し　三世の引《うた》、
舞は妙なり　三界の姿。
三界三世　三弄し了《おわ》り、
月は落つ　長安　半夜の鐘に。〔無押韻〕

〔訳〕　髑髏《どくろ》を讃える

すべて縁(よりどころ)から生じるものごとは、縁がつきれば滅する。それなら、縁それ自体は、何から生じるのか。

やはりそれも前縁から生じるとすれば、そもそも最初の縁は何から生じるのか。

そこまで考えてくると、もはや言葉で言い表されず、思慮で測り知り、行動で示すこともできなくなる(それは真空《さとり》の世界にほかならないから)。

私はこの道理《ことわり》を東隣りの老婆に話したところ、老婆は一向に悦んでくれない。

そこで西隣の老爺に話したところ、老爺もそんな七面倒《しちめんどう》なことはと、眉を顰《しか》めて立ち去る始末。

私は試しに肉餅にこのことを書いて犬に与えてみたところ、犬もまた食おうとしない。

そこで考えた。これは目出度《めでた》くない言葉ではないのか。いったい何と所縁《ゆかり》があるのか、と。

それで今度は、生相と滅相との二つを丸めて一つの相《すがた》に和合させ、これを野辺の髑髏《しゃれこうべ》に与えてみた。するとあの髑髏めが、俄《にわ》かに起き上がって、私のために歌ったり、舞ったりしてくれるではないか。その歌の余韻は、過・現・未の三世にわたるほど長くひびき、その舞う姿は、この世の媚態の粋を凝《こ》らしたほどに絶妙であった。

縦に時間、横に空間を舞台として、ありとあらゆる姿で舞いつくし、あたかも半夜の鐘の音が鳴る頃、都の長安に月が落ちるように、舞いおさめた。

（1）この髑髏讃を敷衍した詩篇に中村家旧蔵の『題九相図』三百二篇がある。（拙著『良寛髑髏詩集訳』大法輪閣刊参照）

布袋（布袋）

朝弄布袋暮布袋
弄来弄去知幾辰
南無帰命老布袋
天上天下唯一人

朝《あした》に布袋《ほてい》を弄《ろう》し　暮れにも布袋、
弄来弄去　知らん幾辰《いくとき》なりしかを。
南無帰命《なむきみよう》　老布袋《ろうほてい》、
天上天下　唯一人。〔真押韻〕

〔訳〕布袋

朝《あした》に夕べに布袋《ぬのぶくろ》を手にとる。手にとられ通して何年たったかわからない。

疲れ果てた布袋さんに心からに帰依《きえ》したてまつるよ。「あなたのような徳の高いお方は、天上天下に唯一人きりだ」と（愛用の布袋《ぬのぶくろ》〔袈裟袋〕を擬人化してユーモラスに詠んだもの）。

九、雲鬢花顔・春風秋月（緑なす黒髪に花の顔《かんばせ》・春と秋のすさびごと）

可怜美少年
袖姿何雍容
手把白玉鞭
馳馬垂楊中
楼上誰家女
鳴筝当綺窓
遙見揚紅塵
聯翩向新豊(1)

可怜《かれん》なるかな　美少年、
袖姿《しゅうし》　何《なん》ぞ雍容《ようよう》たる。
手に白玉の鞭《むち》をとりて、
馬を馳せるは　垂楊《すいよう》の中。
楼上　誰《た》が家の女《むすめ》ぞ、
筝《こと》を鳴らして　綺窓《きそう》にむかう。
遙かに見る　紅塵を揚げて、
聯翩《れんぺん》として　新豊《しんぽう》に向かうを。〔冬・東押韻〕

〔訳〕

あっぱれなるかな美少年。なんとゆったりとして気品のある姿よ。

手に白玉造りの鞭をとり、馬に跨《またが》り緑なすしだれ柳の間をかけてゆく。

楼上に見えるのは、どこの妓《こ》であろうか。美しい窓辺で、しきりと琴をかきならしている。

この情景に胸おどらせたか美少年が、砂煙りをあげて一目散《いちもくさん》に新豊の色街《いろまち》へつっ走っていくのが望見できる。

（1） 昔、長安の西郊にあった花柳街。

余家有竹林
亭々数千干
筍迸全遮路
梢高斜払天
経霜培精神
隔煙転幽間
宜在松柏列
何比桃李妍
竿直節弥高
中虚根愈堅
愛尓貞清質
千秋希莫遷

余が家に　竹林あり、
亭々として　数千干。
筍《たけのこ》は　迸《ほとばし》り　すべて路を遮《さえぎ》り、
梢《こずえ》は高うして　斜《はす》に天を払う。
霜を経て　精神を培《やしな》い、
煙を隔てて　うたた幽間。
宜《よろ》しく松柏の列に在るべし、
何ぞ桃李の妍なるに比せん。
竿《かん》　直《すぐ》にして　節《ふし》いよいよ高く、
中　虚《うつろ》にして　根いよいよ堅し。
愛す　尓《なんじ》が貞清の質を、
千秋　ねがわくは遷《うつ》ることなかれ。〔寒・先押韻〕

〔訳〕

私の住庵に竹林があり、高だかとまっすぐに伸びて数千本にも及んでいる。

筍は所かまわず頭をもたげ、歩きようもないほどに路をふさぎ、親竹の上枝《ほつえ》の先は高く、はすかいに天を掃《はら》うかのようにみえる。

竹は、霜降る寒い夜を耐え過ごすことによって、いよいよ直情径行の精神を身につけるようだが、春がすみのむこうに淡くおくゆかしく見えている。

竹のもつ気品は、松柏と同じで桃李の美しさなどとは、比ぶべくもない。竿《さお》は真直ぐで、節《ふし》はさらに高くなっていて、中は空洞《うつろ》で、根は地中深く張って、とても頑丈である。

私は竹の清い貞実さがこよなく好きである。これから幾千年たっても、この麗質が失われないようにと、切にこい希《ねが》うものである。

尋思少年日　　尋思す　少年の日、
不知有吁嗟　　知らず　吁嗟《うさ》ありしを。
好著黄鵝衫　　好《よ》く黄鵝《こうが》の衫《さん》を著、
能騎白鼻騧　　能《よ》く白鼻の騧《か》に騎《の》る。
朝買新豊(1)酒　　朝《あした》に　新豊《しんぽう》の酒を買い、
暮看杜陵(2)花　　暮れに　杜陵《とりょう》の花を看る。
帰来知何処　　帰り来るは　何処《いずく》なりしかと知らせるに、
直指莫愁家　　直《じき》に指《ゆびさ》す　莫愁《ばくしゅう》の家。〔麻押韻〕

〔訳〕

少年時代を想い回《かえ》すと、あの頃は人生になげきのあることなど少しも知らなかった。

淡黄色の美しい単衣《ひとえ》を好んで着、鼻白の栗毛馬をよく騎《の》りまわしたものだ。

朝《あした》になると新豊(色街)に酒を買いに行き、暮れると森や丘に行って花を賞でる。

帰宅したのち、何処から帰宅したかを知らせるのに、臆面もなくすぐさま莫愁《うれいのない》の家(娼家?)を指さしたものだ。

(1) 酒の名。
(2) 妓女を譬えていう語。

余郷有一女(1)
齠年美容姿
東里人朝約
西隣客夕期
有時伝以言
有時貽以資
如是経歳霜
志斉不与移

余が郷に　一女あり、
齠年《ちょうねん》より　容姿美しかりき。
東里の人もて　朝《あした》に約し、
西隣の客もて　夕べに期す。
ある時は　伝うるに言《ことば》を以てし、
ある時は　貽《おく》るに資《もとで》を以てす。
かくのごとくにして　歳霜を経《ふ》れども、
志斉《ひと》しくして　ともに移らず。

許此彼不可　これに許せば　彼に可《よ》からず、
従彼此復非　彼に従えば　これにまた非なり。
決意赴深淵　意を決して　深淵に赴《おもむ》き、
哀哉徒尓為　哀《かな》しいかな、　徒尓《とじ》とはなりぬ。〔支・微押韻〕

〔訳〕
私の村に一人の娘がいて、小さい時からみめ麗《うるわ》しかった。東の里からは、人を遣わして今朝にも約束をせまり、西の隣村からは、客を通じて夕べのうちに約束をと言い寄られた。
それらの人達は、ある時は伝言をもってし、またある時は金品を贈ろうとして来た。このようにして幾歳月を経たが、その娘は、双方を秤《はかり》にかけてみるような気持ちはなく、ただ何れへとも決しかねていた。
此方《こちら》に許せば、彼方《あちら》によくないし、彼方に従えば、これまた此方にわるくなる。遂に決心して深い淵瀬に身を投じた。なんと哀しいことではないか。あたらむなしく薄命の佳人となりおわったのである。

（1）弟由之の女「おもと」のことか。由之日記に「むすめのおもと」とある。

窮谷有佳人　窮谷《きゅうこく》に　佳人《かじん》あり、

容姿閑且雅
長嘯如有待
独立脩竹下

容姿　閑《しずか》にして　かつ雅なり。
長嘯《ちょうしょう》して　待つあるがごとく、
独り立つ　脩竹《しゅうちく》の下《もと》。〔上声馬押韻〕

〔訳〕

深い谷間に蘭が生えている。その姿はしとやかで気高《けだか》い。さながら、口をすぼめてうたいつづけ、誰かを待っているかのように。ただひとりま竹の下で立っている。

夏夜　（夏の夜）

夏夜二三更(1)
竹露滴柴扉
西舎打臼罷
三径宿草滋
蛙声遠還近
蛍火低且飛
寤言不能寝
撫枕思凄其

夏夜　二三更《こう》、
竹露　柴扉《さいひ》に滴《したた》る。
西舎に　臼《うす》を打《つ》き罷《おわ》りて、
三径　宿草滋《うるお》う。
蛙声《あせい》　遠くまた近く、
蛍火《けいこう》　低くかつ飛ぶ。
寤《さ》めてここに　寝《い》ぬるあたわず、
枕を撫《な》で　思い凄其《せいき》たり。〔微・支押韻〕

〔訳〕　夏の夜

二三更とふけゆく夏の夜。なよ竹の小笹に宿った露が紫の扉にしたたる。

西の舎《や》でつく臼《うす》の音《ね》もやみ、庭の三すじの小路の傍の宿根草も、しとどにしめる。

山田の田の面《も》の蛙の鳴き声がおちこちから聞こえて来て、蛍火も、低く高く飛びかう。

このような夜景に魂を奪われ、目が冴えて眠れず、枕を撫でているうちに、襟もとのうそ寒さを覚える。

（1）午後十時から十二時。午後八時が初更、初夜。十時が二更、乙夜。

芳草歌　（芳草歌）

妾家在長洲(1)之傍　　妾《しょう》が家は　長洲の傍《かたわら》に在り、
長洲芳草春正肥　　長洲の芳草　春にまさに肥えたり。
日々対之憶遠人　　日々これに対して　遠人を憶《おも》う、
憶遠人兮曷時期　　遠人を憶うて　いずれの時にか期せんと。
聊摘杜蘅雑蘼蕪　　いささか杜蘅《とこう》を摘《つ》んで　蘼蕪《びぶ》に雑《ま》ぜ、
附駅使兮欲貽之　　駅使に附して　これを貽《おく》らんと欲す。
山簇々兮水悠々　　山簇々《やまそうそう》たり　水《かわ》悠々たり、
君之行兮良難知　　君の行くえや　まことに知り難し。

手持芳草永歎息　　手に芳草を持って　永く歎息し、
流涕漣々霑羅衣　　流涕漣々《れんれん》として　羅衣《らい》を霑《うるお》しぬ。（微・支押韻）

〔訳〕　芳草歌

私の家は長い州《す》のほとりにある。長い州のかぐわしい草は、春にたがわずすくすくと伸びている。毎日この芳草を見るにつけ、遠く旅立っている人のことを想い出す。遠く離れた人にいつになったらお会いできるかと、そればかりを思っている。すこしばかり寒葵《かんあおい》を摘んで、川芎《せんきゅう》にまぜ、飛脚に托《たく》してこれをお届けしたいと思う。が、山は重なり合い、川は果てなく隔てており、しかも貴下の行くえは、しかと知ることがむずかしい。やむなく私は、かぐわしい草を手にしたまま、長くため息をつく。涙はとめどもなくあふれ出て、羅衣《うすぎぬ》の着物をしばし濡らすばかりである。

（1）　中国長沙のこと、ここでは長い川中の島のことか。

十、閑居双忘・空林拾葉

（静か居にさらりとして・なにもかもこだわりがとれる）

玄冬十一月
雨雪正霏々
千山同一色
万径人行稀
昔遊都作夢
草堂深掩扉
終夜焼榾柮
静読古人詩

玄冬　十一月、
雨雪　まさに霏々《ひひ》たり。
千山　同じく一色、
万径《ばんけい》　人の行くこと稀《まれ》なり。
昔遊　すべて夢と作《な》り、
草堂　深く扉《とぼそ》を掩《おお》う。
終夜　榾柮《こっとつ》を焼《た》き、
静かに読む　古人の詩を。〔微・支押韻〕

〔訳〕

時あたかも冬十一月。雨まじりの雪が、たえまなく降りしきる。

どの山も白一色となり、どの小みちも通る人かげが杜絶《とだ》えてきた。

想えば昔、遊学したことなども、すべて今は夢のように思われる。草堂の戸を固く閉ざし、夜もすがらそだ、を炉にくべ、古人の詩を静かに読んでいる。

少小学文懶為儒　少小　文を学びて　儒となるに懶《ものう》く、
少年参禅不伝灯　少年　禅に参じて　灯《とう》を伝えず。
今結草庵為宮守(1)　今　草庵を結んで　宮守《みやもり》となる、
半似社人半似僧　半《なか》ば社人の似《ごと》く　半ば僧の似《ごと》し。〔蒸押韻〕

〔訳〕

私は、幼少より漢文を学んだが、儒者となるのは気が進まず、少年の日に参禅《さんぜん》に身を入れたが、法灯を伝えなかった。

いま私は、庵をむすんで乙子神社の宮守りをしていて、いわば半ばは神主《かんぬし》みたいで、半ばは僧侶みたいなものだ。

(1)　文化十二年頃、五合庵から下り、麓の乙子神社の社務所を草庵として住んだことをさす。

非倣槃特(1)痴　槃特《はんどく》の痴《ち》に倣《なら》うにあらず、
何知文殊賢　何《なん》ぞ知らん　文殊《もんじゅ》の賢。
騰々走大路　騰々と　大路を走り、
兀々座破筵　兀々《ごつごつ》と　破筵に座す。

対月長夜嘯　月に対して　長夜を嘯《うそぶ》き、
聴雨終日眠　雨を聴いて　終日眠る。
吾生何所似　吾が生　何に似たるところぞ、
泛彼中流船　泛《はん》たる彼の中流の船か。〔先押韻〕

〔訳〕

かの大愚周利槃特《しゅうりはんどく》の痴《おろか》さにも徹底できない私が、どうして文殊菩薩のように賢《かしこ》くなれようか。

ただ元気よく大通りを走り、ごつごつと破れござの上で坐禅を組む。

月夜を見ては秋の夜長に詩を吟じてみたり、雨の日には、雨音を聴きながらひねもす眠りつづける。

こんな吾が生涯は、一体何に譬《たと》えたらよかろうか。まあ言ってみれば、川の中流でゆらゆらと風のまにまに浮んでいる船のようなものだろうか。

（1）半託迦《はんたか》、釈尊の弟子。周利槃特のこと。兄と共に路上で生まれたからこの名がある。兄は弟の愚鈍なるに反して頗る聡明で、後に阿羅漢果を証得した。十六羅漢の一。

口号（1）　（口号）

閒与児童闘百草　閒《のどか》に児童と　百草を闘わす、
闘去闘来何処帰　闘去《とうきょ》闘来し　何処《いずく》にか帰る。

日暮寥々人不見　　日暮寥々《りょうりょう》として　人見えず、
一輪明月印清池　　一輪の明月　清池に印す。〔微・支押韻〕

〔訳〕　即興詩

のどかに子供らと草相撲に興《きょう》じている。次から次と相撲しつづけているが、子供らはいったいどの辺に帰ってゆくのであろうか。

日暮れとなり、あたりはひっそりとしてきて人の影さえみえない。ふと目を転じてみると、一輪の明月が清《す》みきった池の面に影を映している

（1）　詩題の一つ。心に浮かぶままに直ぐ吟詠する詩。

独臥草庵裡　　ひとり臥《ふ》す　草庵の裡《うち》、
終日無人視　　終日《ひねもす》　人の視るなし。
鉢囊永掛壁（1）　　鉢囊《はつのう》　永く壁に掛かり、
烏藤全委塵　　烏藤《うとう》　すべて塵《ちり》委《ず》く。
夢去翔山野　　夢は去りて　山野を翔《かけ》り、
魂帰遊城闉　　魂は帰りて　城闉《じょういん》に遊ぶ。
陌上諸童子　　陌《はく》上の　諸童子《わらわら》、
依旧待我臻　　旧に依りて　我が臻《いた》るを待たん。〔真押韻〕

〔訳〕

ひとり草庵に病臥《びょうが》しているが、一日中だれもみかけない。

壁には、鉢《はつ》も嚢《ふくろ》も久しく掛けっぱなし、錫杖《しゃくじょう》もすべて埃《ほこり》をかぶったまま。

夢の中で、私は山野をかけめぐり、また覚めれば魂は町中をさまよっている。

畦道《あぜみち》で遊んでいるあの子供たちは、いつものように私がやってくることを、さぞ心待ちにしていることであろう。

（1）鉢（応量器）と袋（頭陀袋《ずだぶくろ》）。

亥夏作　照明寺境地密蔵院暫仮住（亥夏《いどしなつ》の作　照明寺の境地密蔵院に移り　暫く仮住す）

観音堂[1]側仮草庵
緑樹千章独相親
時著衣鉢下市朝
展転飲食供此身

観音堂側《そく》の　仮の草庵、
緑樹千章と　ただ相い親し。
時に衣鉢《えはつ》を著けて　市朝に下り、
展転の飲食《おんじき》を　この身に供す。〔真押韻〕

〔訳〕　亥年夏の作。照明寺の境内にある密蔵院に移り、しばらく仮住いする

観音堂の側《かたわら》に仮の庵を結んでいる。たくさんの緑の樹々だけが、大の仲よしだ。

時には、雲水の出立《いでたち》を整えて街に出かけ、次から次へと飯乞《いい》いをしつつ歩いて、この身を養っている。

（1）越後寺泊駅、照明寺境内密蔵院。ここは天保十二年に焼失したが昭和三十二年五月再興す、真言宗智山派。

国上山頭回首望　　国上山頭より　首《こうべ》を回《めぐ》らして望《なが》むれば、
天寒一半夕陽懸　　天寒うして　一半に　夕陽かかる。
昨日採菓汲水処　　昨日　菓《このみ》を採《と》り　水を汲みし処、
阿那(1)青々暗々辺　　阿那《あだ》たり　青々暗々の　辺《ほとり》。〔先押韻〕

〔訳〕
国上山の上からぐるりと遠くを眺めると、天は寒々として空の一角に夕陽がさしている。
昨日　木の実をとり水を汲んだところは、鬱蒼《うっそう》と茂った樹木で青暗くみえるあたりだ。

（1）鬱蒼と茂っているさま。

生涯懶立身　　生涯　身を立てるに懶《ものう》く、
騰々任天真　　騰々《とうとう》として　天真に任《まか》せり。
嚢中三升米　　嚢中《のうちゅう》には　三升の米、
炉辺一束薪　　炉辺には　一束の薪《たきぎ》。
誰問迷悟跡　　誰か問わん　迷悟の跡を、
何知名利塵　　何ぞ知らん　名利の塵を。

夜雨草庵裏　夜雨　草庵の裏《うち》、
双脚等間伸　双脚を　等間に伸ばしぬ。〔真押韻〕

〔訳〕
生涯かけて世俗的な立身出世のことなどには気が進まず、ただ思うまま天然の道理《ことわり》のままにすごしてきた。頭陀袋《ずだぶくろ》の中には三升の米、炉ばたには一束《ひとたば》の薪があるだけ。迷いや悟りの跡かたなど、誰も尋ねてみようともしない。また名利《みょうり》のわずらわしさなど、衲僧《わし》の知ったことではない。
衲僧は、夜雨のしとしとと降る草庵の中で、両脚《あし》をきままにのびやかにのばしている。

寂々春已暮　寂々《せきせき》として　春すでに暮れ、
寥々永閉門　寥々《りょうりょう》として　永く門を閉《と》ざす。
参天藤竹冥　天に参《まじ》りて　藤竹は　冥《くら》く、
没階薬草繁　階《かい》を没《うず》めて　薬草は繁し。
空嚢永掛壁　空嚢は　永く壁に掛かり、
寒炉更無煙　寒炉には　さらに煙なし。
蕭灑物外境　蕭灑《しょうさい》たる　物外の境、
徹夜啼杜鵑　夜を徹して　杜鵑《とけん》啼《な》く。〔元・先押韻〕

〔訳〕

この春も早やひっそりと暮れ、浮き世に用のない草庵の戸も、もの淋し気に永くとざされたままである。藤や竹は天まで伸びて、あたりはうっそうとして暗く、薬草も階段が見えないほど繁っている。からの頭陀袋《ずだぶくろ》は長く壁にかかったままだし、火の気のない炉には、一向に炊煙がたたない。ここは浮き世離れをしたさっぱりとしたところではあるが、一晩中ほととぎすが啼き通している。

結宇碧巌下
薄言養残生
花落幽禽含
林静春日長
更無人事促
時見樵采行
蕭灑抱膝坐
遠山暮鐘声

宇《いおり》を結ぶ　碧巌の下《もと》、
いささかここに　残生を養う。
花落ちて　幽禽含《ふく》み、
林静かにして　春日長し。
さらに人事の促《うなが》すなく、
時に　樵采《しょうさい》の行くを見る。
蕭灑《しょうしゃ》として　膝を抱《かか》えて坐せば、
遠山　暮鐘の声《ひびき》あり。〔庚・陽押韻〕

〔訳〕

庵を碧巌のほとりにしつらえて、ここで残りの生涯をどうにかすごしている。花が散ると、山の小鳥の声は杜絶《とだ》えがちとなり、林はしいんとして、春の日脚は長く、どことなくのどかである。

その上、俗事にあくせくさせられることもなく、ときどき通る樵夫《きこり》の姿を見かけるだけである。

さっぱりとした気持ちで、膝をかかえてぼんやりすわっていると、遠く山の方から入相《いりあい》を告げる鐘の音が流れてくる。

夜雨（夜雨）

世上栄枯雲変態
五十余年一夢中
疏雨蕭々草庵夜
閑擁衲衣倚虚窓

世上の栄枯は　雲の変態、
五十余年は　一夢《ぼう》の中。
疏雨《そう》蕭《しょうしょう》々たり　草庵の夜、
しずかに衲衣を擁《かか》えて　虚窓《きょそう》に倚《よ》る。〔東・江押韻〕

〔訳〕　夜雨

世間の栄枯盛衰のさまは、雲の変化する様とよく似ている。また私の五十余年の生涯は、一夜の夢の中のできごとのように思える。

ぽつりぽつりとまばらな雨がさびしく降る草庵の今宵。私は静かにお袈裟《けさ》衣をかきいだいて、明かり取りに孔を開けただけの窓によりかかる。

五合庵（五合庵）

索々五合庵
室如懸磬然
戸外杉千株
壁上偈数篇
釜中時有塵
甑裏更無烟
唯有東村叟
頻敲月下門

索々《さくさく》たり　五合庵、
室は懸磬《けんけい》のごとく然り。
戸外に　杉　千株、
壁上に　偈《げ》　数篇。
釜中　時に塵あり、
甑裏《そうり》　さらに烟《けむり》なし。
ただ東村に　叟《そう》のあるのみ、
しきりに敲《たた》く　月下の門。〔先・元押韻〕

〔訳〕　五合庵

なんと寒々とした、わが五合庵であることよ。庵内はまるでつり鐘のようにがらん洞。

戸外には、亭々たる杉木立ち、庵の壁の上には、自作自詠の偈《うた》が数篇。

竈《かまど》の中は時として塵がつもり、蒸籠《せいろう》のごときは、言うまでもなく煙のたったことがない。

ただ倖せなことに東の村に老人がいて、たびたび月夜の晩に訪ねて下さるのですよ。

偶作　（偶作）

国上山下是僧宅
麁茶淡飯供此身
終年不遇穿耳客
只見空林拾葉人

国上山下《くがみさんか》は　これ僧の宅《いえ》、
麁茶淡飯《そちゃたんぱん》を　この身に供《きょう》す。
終年遇《あ》わず　穿耳《せんに》の客《ひと》に、
ただ見る　空林に　葉を拾う人のみ。〔真押韻〕

〔訳〕偶作

五合庵や乙子の社のある国上山《くにがみやま》の下《ほとり》こそは、僧である私の住まいであり、粗末な食事で身過《みすぎ》している。

私は、生涯を通し、身分の高い人や、名利の人にはお目にかからず、ただひたすら、空坊主《から》の山で落葉を拾うような絶対境《さとりの境涯》に遊ぶ人だけを追い求めてきた。

編訳者紹介

飯田　利行（いいだ・りぎょう）

略歴

明治四四年　群馬県に生まれる
昭和一一年　東京文理科大学漢文学科卒、駒沢大学専任講師
昭和一五年　京都東方文化研究所助手
昭和一六年　駒沢大学教授
昭和二九年　文学博士学位授与（東京教育大学）
昭和四一年　専修大学教授
昭和五五年　二松学舎大学大学院教授
平成　七年　仏教伝道協会文芸文化賞受賞
現住所　〒一六〇‐〇〇〇五　東京都新宿区愛住町二〇　全長寺東堂

主要著書

『日本に残存せる支那古韻の研究』（冨山房）
『日本に残存せる中国近世音の研究』（飯田博士著書刊行会／名著出版覆刊）
『正法眼蔵の研究』（広文館）
『良寛詩集譯』・『良寛髑髏詩集譯』・『良寛語釋大智偈頌訳』（大法輪閣）
『学聖無著道忠』（禅文化研究所覆刊）
『禅林名句辞典』・『漱石詩集譯』・『漱石・天の掟物語』・『定本湛然居士文集譯』（第二十二回日本翻訳文化賞受賞）・『畔上楳仙禅師遺稿』・『大智偈頌譯』・『大愚良寛の風光』（国書刊行会）
『新選禅林墨場必携』（柏書房）
『漱石・天の掟物語』　朗読テープ九巻（調布市立図書館）
『半仙遺稿傳』・『高校生と正法眼蔵随聞記』（邑心文庫）　その他

【現代語訳　洞門禅文学集】
良《りょう》寛《かん》

平成一三年　九月一五日　印刷
平成一三年　九月二五日　発行

編訳者　飯田　利行
発行者　佐藤今朝夫
発行所　株式会社　国書刊行会
〒一七四‐〇〇五六
東京都板橋区志村一‐一三‐一五
TEL　〇三（五九七〇）七四二一
FAX　〇三（五九七〇）七四二七
http://www.kokusho.co.jp
e-mail:info@kokusho.co.jp

印刷　（株）エーヴィスシステムズ
製本　（有）青木製本
編集協力　飯島秀子・割田剛雄
装幀　飯島秀子

ISBN 4-336-04356-6

《洞門禅文学集／第１期・全７巻》

道元

▼曹洞宗の開祖道元禅師（一二〇〇〜一二五三）の珠玉の漢詩文を収録。『正法眼蔵』中で文学的評価の高い「山水経」。中国の文人・貴顕達を驚嘆させた漢詩文の傑作『宝慶記』。日本的心情を吐露した『永平広録』中の「偈頌」などを、わかりやすい現代語訳で伝える。

瑩山

▼曹洞宗の太祖瑩山紹瑾（けいざんじょうきん、一二六八〜一三二五）。『伝光録』は釈尊以来の仏法を、師資相承を通して連綿と伝える禅僧列伝の金字塔。文学的香気に満ちた列伝を抄録。

洞山

▼中国曹洞禅の開祖洞山良价（とうざんりょうかい、八〇七〜八六九）。達磨大師より伝えられた禅の正統を受け継いだ洞山良价の真面目を示す語録『洞山録』。ここに、曹洞禅の原点がある。

懐奘・大智

▼永平寺二世孤雲懐奘（こうんえじょう、一一九八〜一二八〇）。『正法眼蔵』をわかりやすく説いた懐奘禅師。『光明蔵三昧』は漱石が絶賛してやまない禅文学の傑作。

▼若き日、一一年間中国元に学んだ大智（だいち、一二九〇〜一三六六）。道元禅師の宗意を踏まえ、格調ともに本朝第一と称された『大智偈頌』。

世阿弥・仙馨

▼室町初期の能役者世阿弥（ぜあみ、一三六四〜一四四三）。深く洞門禅の影響を受け、能楽もまた伝統を伝えるには師資相承でなければならないと説く『花伝書』――曹洞禅を軸として世阿弥の世界を新たに評価。

▼仙馨（せんけい、一八六八〜一九三三）。豊富な語彙、巧みな造語など中国の詩人にも劣らず、さらに禅に裏打ちされた表現は、日本漢詩界に見られなかった名篇。

良寛

▼江戸後期の禅僧良寛（一七五八〜一八三一）。形式的な「型」を排し、深い禅の境地を自由形式で、自在に表現し切った「漢詩」の世界。

耶律楚材

▼蒙古の太祖チンギス汗の宰相・耶律楚材（やりつそざい、一一九〇〜一二四四）。本師万松行秀著『従容録』（曹洞宗行持の宝典）の出版に尽力したり、「東方の神人」と称された耶律楚材（湛然居士）の志操高き詩の世界。

▼造本・体裁　菊判（二二〇×一五〇㎝）・上製・貼函入・各巻二四〇〜三六〇頁